おれは一万石

陥穽の束

千野隆司

双葉文庫

目次

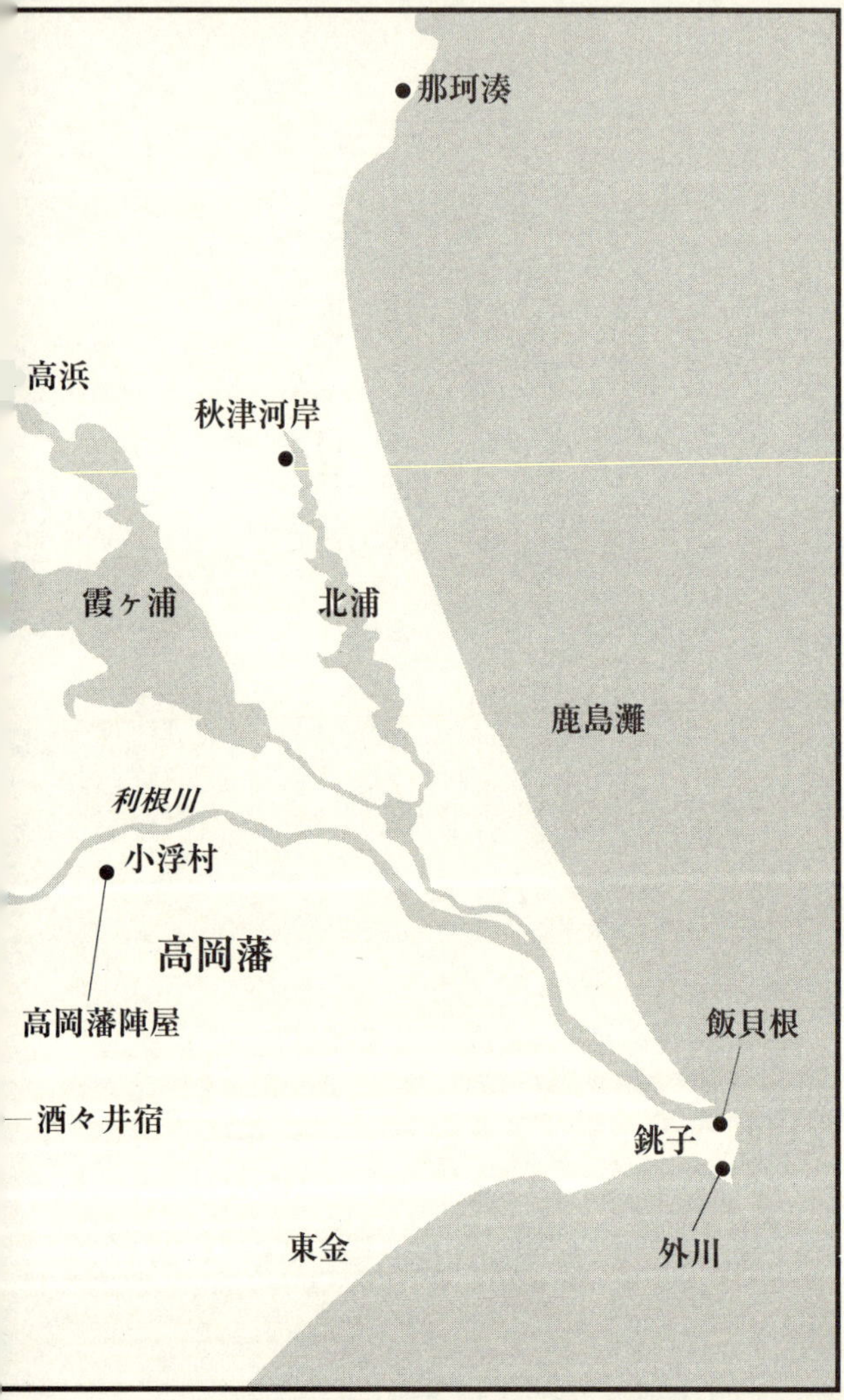
那珂湊
高浜
秋津河岸
霞ヶ浦
北浦
鹿島灘
利根川
小浮村
高岡藩
高岡藩陣屋
飯貝根
酒々井宿
銚子
外川
東金

白沢・柳林・阿久津河岸へ
久保田河岸
渡良瀬川
筑波山
古河
下妻藩
鯉川
小貝川
関宿
鬼怒川
椚木村
牛久
粕壁
野田
取手
流山
柏
三郷
木颪
川口
松戸
白井
江戸川
鎌ヶ谷
萩原村
隅田川
江戸城
行徳
印旛沼
日本橋行徳
新川
小名木川
市原郡へ

おもな登場人物

井上正紀……下総高岡藩井上家当主。
竹腰睦群……美濃今尾藩藩主。正紀の実兄。
山野辺蔵之助……北町奉行所高積見廻り与力で正紀の親友。
植村仁助……正紀の近習。今尾藩から高岡藩に移籍。
京……高岡藩先代藩主井上正国の娘。正紀の妻。
佐名木源三郎……高岡藩江戸家老。
佐名木源之助……佐名木の嫡男。正紀の近習。
井尻又十郎……高岡藩勘定頭。
青山太平……高岡藩廻漕河岸場奉行。
杉尾善兵衛……高岡藩廻漕河岸場奉行助役。
橋本利之助……高岡藩廻漕差配役。
松平定信……陸奥白河藩藩主。老中首座。
松平信明……三河吉田藩藩主。老中。老中首座定信の懐刀。
徳川宗睦……尾張徳川家当主。正紀の伯父。

おれは一万石

陥穽の束

前章　出費の後

一

木枯《こが》らしの音が、閉めた障子《しょうじ》の向こうから響いてくる。そのたびに、障子が小さく震えた。寛政《かんせい》三年（一七九一）の師走《しわす》も八日となった。

下谷広小路《したやひろこうじ》にある下総高岡《しもうさたかおか》藩一万石井上《いのうえ》家上屋敷の敷地は、四千六百坪ある。風で飛ばされた枯れ葉は一夜であちこちに積もったが、藩士たちは毎朝箒《ほうき》を使って掃いた。庭の樹木の手入れは、いつも行き届いている。

当主正紀《まさのり》は、その箒の音と共に、一日の執務を始めた。

箒の音が消える頃、正紀は御座所で、江戸《えど》家老の佐名木《さなき》源三郎《げんざぶろう》と勘定頭《かんじょうがしら》の井尻《いじり》又十郎《じゅうろう》の三人で打ち合わせをした。歳末から新年にかけての、支出について確認をしたのである。

「困ったものでございますな」

井尻は、とりわけ渋い顔をしていた。算盤《そろばん》を弾《はじ》く乾《かわ》いた音が、室内に響いた。

朝から底冷えのする一日だが、火鉢などは置いていなかった。それは屋敷内のどこの部屋でも同じである。老年の藩士でも、寒いと訴える者はいなかった。節約のためだった。

藩財政が極めて厳しい状況であることは、誰もが分かっている。

「今年は、年始のための新たな品は、何も購《あがな》うことができませぬ」

「仕方があるまい」

井尻の断固たる言葉に、正紀は頷《うなず》いた。

この日はお事始《ことはじ》めで、武家も商家も正月にまつわる祭事のために、様々な支度《したく》にとりかかる。藩邸内ではもうすぐ煤払《すすはら》いを始めるが、新たなものは買えないので再利用すると、井尻は言っていた。

「畳替えや障子の張り替えなども、やらないのだな」

「もちろんでございます」

これは国許《くにもと》も同じだと付け足した。

「では、家中で餅《もち》の支度をするくらいか」

「それも難しいかと存じます」

井尻は、容赦《ようしゃ》のない返事をした。

「ううむ」

正月の餅くらいよいではないかと思う。家臣たちに、正月気分を味わわせたい。けれどもそれさえ、まずいらしい。

佐名木も何か言おうとしたが、言葉を呑《の》み込んだ。藩の財政状況が分かるからである。井尻は、意地悪で告げているわけではなかった。

先月は、高岡藩にとって改易《かいえき》になるかもしれない大事件があった。嵐で崩れた洲崎《すさき》の護岸工事のために、御手伝普請《おてつだいぶしん》を命じられた。十両二十両の金子《きんす》のためにも腐心《ふしん》する高岡藩が、七百二十五両の金子を用意しなくてはならなかった。

「ご公儀は、高岡藩を潰すつもりか」

悲痛な声が上がった。御手伝普請は軍役《ぐんえき》と同じだから、出せなければ命じられた御家は改易となる。塗炭《とたん》の苦しみの中で、どうにか用意をした。そのために高岡藩は、尾張《おわり》をはじめとする親類の藩や縁者から高額の援助を受け、さらに新たな借金を抱えた。

借りた金子は、利息を添えて返さなくてはならない。

加えてようやく中止した藩士からの禄米《ろくまい》の借り上げを、復活させなくてはならないはめに陥《おちい》った。藩財政だけでなく、藩士らの暮らしも厳しい。

高岡藩の財政はもともとかつかつだったが、天明《てんめい》の飢饉《ききん》があって、さらに酷《ひど》いものになった。利根《とね》川の護岸工事のための、二千本の杭《くい》さえ用意できなかった。

五年前、正紀はそんな高岡藩へ、美濃今尾《みのいまお》藩三万石竹腰《たけのこし》家から婿入《むこい》りした。実父竹腰勝起《かつおき》は、尾張徳川《とくがわ》家八代宗勝《むねかつ》の八男だった。尾張徳川家の当主宗睦《むねちか》は、正紀にとっては伯父《おじ》となる。竹腰家は、代々尾張徳川家の付家老《つけがろう》という役に就《つ》いていた。正紀の兄睦群《むつむら》は、家督を継《つ》いでその役にあった。

高岡藩先代藩主正国《まさくに》は、徳川宗勝の十男で、高岡藩は二代にわたって尾張徳川家の血を引く者が藩主となった。正紀は、正国の娘京《きょう》と祝言《しゅうげん》を挙げたのである。

高岡藩井上家は、本来は遠江浜松《とおとうみはままつ》藩六万石井上家の分家という立場だった。けれども今は、諸家《しょか》からは井上一門というよりも、尾張一門と見られるようになっていた。

高岡藩は今年の八月、国替えの危機にさらされた。下総から、無縁の遠方へ飛ばされる手前まで行った。

二つの、大きな危機に見舞われたのである。

どうにか切り抜けることができたのは、尾張一門の支えがあったからに他ならないが、それだけではなかった。高岡藩士一同の、藩を守ろうという気概があったからだと正紀は感じていた。

それにしても国替えに続き御手伝普請と二つの難事が重なったのには、わけがあった。尾張一門は、老中首座の松平定信《まつだいらさだのぶ》をはじめとする幕閣《ばっかく》と、対峙《たいじ》する立場を取ってきていたからである。

宗睦は定信の政策の柱となった囲米《かこいまい》の制や棄捐《きえん》の令を、失策と断じていた。また質素倹約を旨《むね》とした政策は、町人からは受け入れられないと見ていた。

正紀が指揮する高岡藩は、年貢米だけに頼らない藩財政の定着を目指してきた。国許の地形を生かした高岡河岸《かし》の活性化と、下り塩や薄口醤油《うすくちしょうゆ》、〆粕《しめかす》の販売などで藩財政を回復させてきた。

五年の歳月を経《へ》て藩財政は回復し、それまで続いていた藩士からの禄米の借り上げを中止することができるまでになった。

けれどもその労を台無しにする、御手伝普請が命じられたのだった。

正紀がおこなってきた施策は、定信が目指した政《まつりごと》とは真っ向から反するものとされた。高岡藩は、尾張一門の反定信の動きの急先鋒と見なされたのである。高岡藩が藩財政の回復のために打った手立ては、定信の政とは相容《あいい》れないものだった。

国替えにしても御手伝普請にしても、正紀や佐名木は、定信ら幕閣の高岡藩への報復と見ていた。

どちらも切り抜けることができたが、藩財政は、正紀が婿入りした頃と同じような苦しいものになってしまった。幕閣のやり方に不満はあるが、負けているつもりはなかった。

「稼ぐ手立てを、探らねばならぬ」

「まさしく。そうでなければ、苦境は続くばかりでございまする」

「とはいえ、探すのは容易ではないぞ」

それは実感だった。じっとしているわけではない。近習《きんじゅう》の佐名木源之助《げんのすけ》や植村仁助《うえむらにすけ》、廻漕河岸場方《かいそうかしばかた》の面々は日々町を巡っている。廻漕河岸場方は、高岡河岸を使う商人《あきんど》を探し出すことで、新たな実入りを探る役目だった。

「なんであれ、高岡河岸の納屋《なや》を守れたのは幸いでした」

佐名木が言った。御手伝普請に入用《いりよう》な金子を作るためには、高岡河岸の納屋を手放すことも考えた。利根川水運では、中継地点としてその利便性は知られてきていた。

「さらなる活性化を図りたいが、それだけではまだ足りぬ」

「どのような手立てが、ありましょうや」

なかなか妙案が浮かばない。そもそも高岡藩には、何をするにしても元手になる金子がなかった。

三人の話が済んでしばらくした頃、越後三日市《えちごみっかいち》藩一万石柳沢《やなぎさわ》家の江戸家老田原半《たはらはん》太夫《だゆう》が佐名木を訪ねて来た。三日市藩は、共に御手伝普請を命じられた四家のうちの一つだった。

「まことに、難儀なことでござった」

田原は何度もそれを口にする。佐名木と田原は、御手伝普請を機に親しい関係になった。苦しい資金繰りを乗り越えた仲だといっていい。

佐名木の執務部屋で、向かい合って話をした。

「正月を迎えるのも、容易ではござりませぬ」

田原はため息をついた。

「当家も、同じようなものでござる」

佐名木が返した。

「本家から借りた金子を、返さねばなりませぬ。なかなかの額ですからな」

三日市藩は、郡山《こおりやま》藩十五万一千石の柳沢家の分家だった。柳沢吉保《よしやす》の子孫という矜持《きょうじ》があって分家を守ったが、返済については、厳しいことを言ってきているらしかった。

御手伝普請のせいで、三日市藩の財政は追いつめられた。その恨みはよほど強いらしく、これまでは定信派でも尾張派でもない立場にいたが、今ではすっかり親尾張派となった。

「内証《ないしょう》にゆとりのある親族が、羨《うらや》ましゅうござる」

田原がぼやいた。

「そういう御家も、中にはあるのでしょうな」

「まことに。こちらへ伺《うかが》う前に、縁戚の屋敷へ参ってきた。畳替えをしておりましたぞ」

「なるほど、それは羨ましい」

年の瀬に畳替えをすることは、高岡藩にしても三日市藩にしても当たり前ではなくなった。

「どちらでござるか」

「武蔵岡部《むさしおかべ》藩でござるよ」

三日市藩主里之《さとゆき》の正室武子《たけこ》の実家だ。

とはいえ、羨ましがってばかりはいられない。佐名木も田原も、己の藩のこれからを思案していかなくてはならなかった。

「よいお知恵があれば、ご教示願いたい」

「こちらこそ」

「家老職も、骨が折れるものでござるよ」

「まことに」

佐名木は頷いた。四半刻《しはんとき》（約三十分）ばかり話をして、田原は引き上げていった。

二

昼下がりになって、井尻が勘定方見習《かんじょうかたみなら》いとして役目に就くことになった洲永彦十郎《すながひこじゅうろう》を、藩士との対面の間へ連れてきた。正紀は佐名木と共に、挨拶《あいさつ》を受けたのである。

「高岡藩士になった、当家のために励《はげ》むがよい」

正紀が洲永に言葉をかけた。

「身命《しんめい》を賭《と》して、ご奉公を仕《つかまつ》りまする」

額《ひたい》が畳につくくらい下げての言葉だった。

「当家の藩財政は、窮地《きゅうち》にある。知恵を働かせ、心してかかるがよい」

「ははっ」

佐名木の言葉にも、気合の入った声で答えた。小柄だが、活力のある様子だった。すでに謁見《えっけん》は済ませていたが、見習いとして井尻の下に入り勘定方の役目に加わる運びとなった。

洲永は尾張藩士大越平兵衛《おおこしへいべえ》の次男で、二十二歳になる。大越家は尾張藩の材木方下奉行《ざいもくかた》を務《つと》め、家禄は百二十石だった。二月《ふたつき》前に江戸へ出てきて、高岡藩の江戸勘定衆《えどかんじょうしゅう》で家禄五十俵の洲永家へ婿に入った。

洲永家の一人娘登茂《とも》と祝言を挙げたのである。他にも名乗りを上げた者がいたが、尾張藩付家老の竹腰睦群が選んで話をまとめた。

男子《おのこ》のいない家は、娘が婿を取って跡取りとする。娘もいなければ、養子を得る。縁談は藩内で交《か》わされることが多いが、井上一門の中でも少なからずおこなわれた。本家浜松藩や同じ分家の下妻《しもつま》藩とは、何代も前から交流があった。

だからこそ一門として、強い絆《きずな》で結ばれることになった。

高岡藩は、先代正国と当代の正紀が尾張藩の血筋の者だが、それ以前では尾張との関わりはなかった。したがって尾張一門との縁談は、これまでほとんどなかった。

「家臣の行き来も、あらねばなるまい」

というのが宗睦の考えで、今年になって洲永家の婿を尾張藩から迎えた。そして尾張藩士の染田《そめだ》家へ、高岡藩の篠田《しのだ》家から二十一歳の次男喜八郎《きはちろう》が婿となって移っていった。

これからは男子だけでなく、娘の嫁入りも考えてゆく。すでに幾人《いくたり》かの名も挙がっていた。

尾張藩だけでなく、一門の高須《たかす》藩や今尾藩などとの縁談も結んでゆく方向だ。めでたい縁談と受け入れる者はいたが、篠田については嫉《そね》む者もいた。

「何しろ大藩だからな。運のいいやつだ」

洲永の縁談については、家中では歓迎をした者ばかりではなかった。

「藩内でも、婿の口が得られぬ者がいるのに、何ゆえ外から」

反対する者も少なからずあった。井上一門以外の血が入ることを、厭《いと》う者もいる。

洲永を去らせた後で、正紀は佐名木と井尻の三人で話した。

「あの者は、剣は人並みですが、帖付《ちょうつ》けと算盤はなかなかのものでございます」

「では、先が楽しみではないか」

「いやそれが」

「どうした」

「江戸より西の者は、大口《おおぐち》をたたくところがございます」

「そうかのう」

井尻の言葉に、正紀はむっとした。正紀は、美濃今尾藩の出だ。下総からすれば、西となる。

「いやいや、あいすみませぬ」

謝った上で、井尻は言葉を付け足した。

「あやつ藩の内証を、己の力で何とかするというようなことを口にしたようで」

「頼もしいではないか」

気概としては、受け入れたいところだ。

「とんでもない。そのようなことが、できるわけがございませぬ。一人でできることには、限りがありまする」

「それはそうだが」

正紀が婿に入り、家中が一丸となって藩財政の立て直しを図ってきた。それから五年かけて、ようやく禄米借り上げを止《や》めるところまできたのである。

「傲慢《ごうまん》なやつとの声も出ております」

井尻は、苦々し気な顔で言った。

「当家の者は、これまでの五年にわたる殿のご尽力が分かっております。それが余所《よそ》者《もの》の、尾張のような大藩で安穏《あんのん》と過ごしてきた者に、たいへんさは分かるまいという話でございましょう」

佐名木が続けた。佐名木も、その噂《うわさ》を耳にしたらしい。

「なるほど」

いきなり現れた一門外の新参者が、目立つことをしたり言ったりすれば、反発を食うという話だ。近習の植村は正紀が今尾藩から連れてきた者だが、外様のくせにと、露骨《ろこつ》な態度を取られたことがあった。

いろいろと難しい。


同じ日、京は市ヶ谷《いちがや》の尾張藩上屋敷の中央、ご本殿西側の庭園内にある茶室に赴《おもむ》いていた。このあたりは池を中心にして築山《つきやま》や数寄屋《すきや》が配されて、回遊式の庭園になっている。楽々園《らくらくえん》と名付けられていた。

池には何匹もの鯉《こい》が泳いでいて、ときおりばしゃりと音を立てた。

尾張藩上屋敷は、敷地が八万坪近くある。東屋《あずまや》から周囲を見晴らすと、整備された庭がどこまでも広がっている。

今日は尾張一門の奥方や姫が集《つど》って、お事始めの茶会が催《もよお》されたのである。孝姫《こう》は元気に過ごしているが、嫡男清三郎《ちゃくなんせいざぶろう》は、達者というわけにはいかない日々を過ごしていた。この一月《ひとつき》ほど、微熱が出て、飲んだ乳を吐いてしまうことがたびたびあった。治ったかと思うと、ぶり返した。

同じ頃に生まれた他の子どもと比べて、体が小さい。

京は、娘の頃から茶の湯に親しんできた。楽々園で催される茶席は、出るのが楽しみだった。何日も前から、胸が躍《おど》った。他では目にすることができない、茶器や掛け軸を愛《め》でることができるからだ。

けれども今年は心浮き立つこともなく、どうでもいいと感じていた。清三郎の容態《ようだい》を考えれば、それどころではないという気持ちになるからだ。

「いや。だからこそ、出た方がよい。気分転換になるであろう」

屋敷にこもってばかりでは気が滅入《めい》る。一門だけの気楽な茶席だから、気晴らしになると正紀から勧められた。半日くらいならば、侍女《じじょ》も藩医もついている。

「本阿弥光悦《ほんあみこうえつ》作の白楽茶碗《しろらくちゃわん》ですね」

「はい見事でございます」

薄茶《うすちゃ》の席で横に座ったのは、正紀の実兄睦群の正室直《なお》だった。歳も近いので、親しい間柄だった。

柄杓《ひしゃく》から茶碗に注がれる湯の音が、心を和《なご》ませた。飲んだ後、何度も手に取って拝見した。その間は、他のことを忘れられた。

来てよかったと思った。

使われた掛け軸や道具などの由緒《ゆいしょ》は、奉書紙《ほうしょがみ》に達筆な文字で書かれている。

「これは美濃紙《みのがみ》で、今尾から運ばせたものです」

直は、自慢げに口にした。

「紙が売れれば、領民は潤《うるお》いますね」

「ええ」

京の言葉に、直は頷いた。美濃紙は薄くて丈夫だということで、近江《おうみ》商人が諸国に広げた。『和漢三才図会《わかんさんさいずえ》』では「最も佳《か》なるもの」と記されていると、直は誇《ほこ》らしげに口にした。

直は、清三郎の容態を案じてくれた。胸にある虞《おそれ》を伝えると、頷きながら聞いた。話し終えると、大きく頷いてくれた。

「よくなるとお信じなさいませ。私もずっと、念じていますから」

ありがたい言葉だった。

そして茶会が終了した。楽々園を後にして、乗るべき駕籠《かご》に近づこうとしたところで、自分のために片膝《かたひざ》をついて低頭《ていとう》した二十歳《はたち》前後の侍がいるのに気がついた。

「その方《ほう》は、篠田喜八郎ではないか」

高岡藩から尾張藩士の家へ婿に入った者である。高岡藩にいたときの名字で呼んでしまった。婿入りするときには、声掛けをしてやった。

懐《なつ》かしいと感じて、頭を下げたのだと察した。

「こちらでの暮らしに慣れましたか」

「ははっ」

声が、微《かす》かに乱れた。いろいろあるのかもしれないと感じた。

「体に気をつけよ、尾張のためにな」

尾張のために尽くすことが、篠田のためになるという考えだった。それだけ伝えると、京は前を通り過ぎた。長話はできない。

駕籠に乗るまで、後ろから見られていると感じた。

第一章　錦絵の紙

一

翌朝、正紀が寝床から出て庭を見ると、一面に霜《しも》が降りていた。冷たい風を受けて、眠気が吹っ飛んだ。洗面の水が、掌《てのひら》に痛く感じた。

朝食を済ませた正紀は、佐名木と朝の打ち合わせをする。そこへ井尻が顔を出した。渋い顔をしている。

井尻は小心者で堅物《かたぶつ》だが、それだけに緻密《ちみつ》で勘定方の要《かなめ》としての役目を果たし、藩財政を守るために尽力してきた。

「どうした」

「洲永が、面倒なことを申しております」

井尻は話を聞いた上で拒絶した。無茶な話だと感じたからだが、どうしても正紀や佐名木に通してほしいと言ってきたとか。

「何か」

話だけは聞く。熱意の部分は受け入れた。

「美濃国加茂郡《みののくにかも》の小原村《おばら》で産される上質な紙を、高岡藩で仕入れないかとの申し出でございます」

正紀も今尾藩の出だから、美濃紙については知っている。

「しかしな」

「はい。仕入れるには元手が要《い》りまする」

元手など、高岡藩にはない。借りられるところは、すべて当たってしまった。だからこそ、話を聞いた井尻は拒絶した。

とはいえ話を聞くだけならば、問題はない。

「呼べ」

洲永の口から、考えていることを言わせることにした。

「尾張城下で紙問屋を営《いとな》む植垣屋《うえがき》なる店がありまする」

正紀の前で平伏《へいふく》した洲永は、やや緊張気味に、しかし腹を決めたという表情で訴えるように話した。

江戸店《えどだな》は日本橋《にほんばし》小舟《こぶな》町二丁目にあり、尾張藩の御用達《ごようたし》にもなっているとか。とはいえ尾張藩は大きいから、紙の御用達は植垣屋だけではなく他にもあった。

「その江戸店から、すでに江戸に届いた極上紙《ごくじょうし》である小原紙《おばらがみ》四十五束《しじゅうごそく》を買い入れる話でございます」

小原村は天領だから、正紀は紙を産する村としてその名を知っているだけだった。詳細は知らない。仕入れる手立てがあるという話だった。

「詳細を、話してみよ」

「ははっ」

美濃国加茂郡小原村（現豊田《とよた》市小原地域）は、幕府笠松郡代《かさまつぐんだい》支配の土地で、もともと紙漉《かみす》きが盛んだった。室町《むろまち》時代の明応《めいおう》五年（一四九六）に僧柏庭《はくてい》により、旭《あさひ》地域に紙漉きが伝えられ、それが小原にもたらされたという。小原地域では農閑《のうかん》余業《よぎょう》として、多くの者がおこなったのである。番傘《ばんがさ》用紙や障子紙、神社のお札紙《ふだがみ》などが漉《す》かれたが、工夫が重ねられて紙質が向上した。

「今では奉書紙など、質が高い紙として認められるようになりましてございます」

と洲永が説明した。

「そうか、小原では楮《こうぞ》や三椏《みつまた》を育てていたのか」

「まさしく。その量は、年々増えておりました」

「どこも、その地でできることから活路を見出《みいだ》そうとするのだな」

これは正紀の感慨だった。高岡藩も、高岡河岸を利根川水運の中で活性化させようとしている。

「それがしの実家大越家は、尾張藩材木方の下奉行だったゆえ、材木商人とは付き合いがあり申した」

楮や三椏などの売買にも関わったそうな。その相手が、名古屋《なごや》城下に本店《ほんだな》を持つ植垣屋という問屋であったとか。

そもそも江戸には、武蔵や常陸《ひたち》、伊豆《いず》の紙、奥州《おうしゅう》の紙などが、地元の地廻《じまわ》り問屋から入ってきていた。さらには西国《さいごく》からの紙もあり、大坂《おおさか》の問屋から送られてくる荷も少なからずあった。もちろん名古屋から運ばれる美濃紙などもあって、植垣屋の江戸店はその荷を扱っていた。

紙が他の商品と趣《おもむき》が違う点は、藩による専売制となっていたことである。産地の藩によって、その専売制の内容には相違《そうい》があり、領国内の流通は勝手だったが、藩の外へ移出される場合には、紙の流通のすべてが藩の統制下に置かれていた。

美濃国加茂郡小原村は天領で、笠松郡代の統制を受けた。現在植垣屋の江戸店にある紙は、それらの統制をすでに受けた品となる。

植垣屋の江戸店は日本橋小舟町二丁目にあり、その主人佐治兵衛《さじへえ》と洲永は尾張名古屋にいた折から顔見知りだった。

「植垣屋には四十五束の余剰《よじょう》の紙があり、これを処分したいと考えておりまする。それもできるだけ早くでございまする」

美濃紙は一帖《いちじょう》が四十八枚で、十帖で一束《いっそく》という数え方をした。したがって四十五束となると、二万千六百枚になる。

「植垣屋では、一枚を十文で卸《おろ》すと話しておりまする」

引き取るとなれば、一両を銭四千文で計算するとして五十四両が必要だ。

「しかしそれだけでは済むまい。江戸へ運ぶ、輸送の費《つい》えがかかるであろう」

濡れてはならない品だから、菱垣廻船《ひがきかいせん》で慎重に運ばねばならない。

「いえ。品はすでに植垣屋の江戸の納屋にございます。それを江戸で売るという話でございます」

すでに木箱に入れられて、縦横《じゅうおう》に縄がかけられているとか。

下妻藩が銘茶《めいちゃ》を買い入れた折は、江戸まで品を輸送する手間がかかった。その費えは、下妻藩が出した。しかし今回それはない。買って寝かしておいて、値が上がったところで売るという話だった。

「買い入れた荷は、藩の下屋敷の空いている部屋に納《おさ》めておけばよいであろうが、ご府内《ふない》の輸送には荷船を使う。そのための費えがかかるぞ」

高岡藩江戸藩邸には、輸送用の荷船はない。

「尾張藩から、借用すればよろしいのでは」

「なるほど」

それならば、紙を買う以外の費えはかからない。

「一枚を十五文で売ることができれば、八十一両となりまする。二十七両の利でございます。十五文よりも高く売れれば、利はさらに大きくなろうかと存じまする」

「値下がりすれば、損となるぞ」

「すでに充分な安値かと」

今の紙の値は、調べれば分かる話だった。ただ正紀には、洲永の話を聞いていて、腑《ふ》に落ちないことがあった。

「しかしな、売れると分かっている品をなぜこちらへ回す。己で売って儲《もう》ければよいではないか」

正紀の頭に、真っ先に浮かんでいた疑問だ。佐名木も頷いている。

「年末で、急ぎ金子が欲しいようでございます」

江戸店での支払いがある。十七日までには、耳を揃《そろ》えて欲しいとか。高岡藩でも早く現金にしたいが、売るための期日に限りはなかった。

「江戸店は、売る当てもなく仕入れたのか」

これは佐名木の問いかけだ。

「大口《おおぐち》の仕入れ先が潰れたようで」

上州《じょうしゅう》高崎《たかさき》城下の小売りだとか。いきなりの知らせだった。

「品を卸す前で、幸いしたとか」

「卸して売られた後では、代金を受け取れなかったわけだな」

「さようで」

それでもまだ、正紀は話を進める気持ちにはなれない。

「江戸店の主人はその方《ほう》と顔見知りだったというが、それだけでどうしてこの話を持ってきたのか」

「それがし、江戸へ出てしばらくした頃、当家の門前で番頭の猪吉《いのきち》に会いましてございまする」

猪吉は下谷広小路の小売りの店を訪ねた後だったとか。生国《しょうごく》での知り合いだったから、懐かしかった。

もともと江戸へ出た折には、植垣屋へ顔出しをしろと、実家から告げられていた。

「ご都合のよい折に、ぜひ店までお越しくださいませ」

猪吉は言った。数日後、御用で近くまで出た折に、店に立ち寄った。少しばかり、郷里《ふるさと》の話をしたかった。

その折に、小原紙の話が出た。

佐治兵衛は、高岡藩が下り塩や薄口醬油の販売をしていることを知っていた。上の者へ話すだけでも、話してほしいと頼まれたというのである。とはいえ話がまとまって利が出れば、洲永の功績となる。

「当家の勘定の綴《つづ》りを見まして、何とかいたさねばと存じておりまする」

洲永には気合が入っている。話の内容を変えた。

「まことに、値上がりをするのか」

ここが肝心《かんじん》なところだ。仮に仕入れても、値下がりしてはかえって損になる。商いの難しさは分かっていた。

「一枚十文で仕入れられるならば、必ず利は出まする」

安値だと告げている。確かめてほしいとも言い足した。

検討だけはすることにした。

二

洲永の提案に対して、正紀と佐名木は井尻と廻漕河岸場奉行の青山太平《あおやまたへい》、それに青山の下で働く杉尾善兵衛《すぎおぜんべえ》と橋本利之助《はしもとりのすけ》、さらに近習の源之助と植村を集めて検討した。

廻漕河岸場方は、高岡河岸のさらなる活性化を目指す部署で、年貢以外の実入りを得るための動きをする。源之助は佐名木の嫡男だ。源之助と植村は、近習として正紀の手足のような働きをした。

「話を聞く分には、悪い話だとは思えませぬが」

正紀がした話を聞いた後、初めに口を切ったのは源之助だ。

「まことに儲けられるのか。さらなる借財を抱えることになっては、いよいよ首が回らなくなり申す」

「うまい話には、気をつけなくてはなりませぬ」

慎重なのは井尻と杉尾だった。

「しかし手をこまねいていては、何もできませぬ」

進めたいのは源之助と橋本だった。

他の者は、決めきれない。とはいえ二、三十両でも、稼ぎたい気持ちは全員にある。

「しかし我々には、紙相場の値動きが分かりませぬ」

「五十四両という金子を作れるか、という問題もござる」

決められない理由を、青山と植村が言った。そもそも紙の値動きに詳しい者は、一人もいない。

「小原紙《おばらがみ》と言われても、判断のしようがござらぬ」

「洲永の言葉を、鵜呑《うの》みにはできませぬ」

青山と井尻の言葉に、異議を唱《とな》える者はいなかった。とはいえ、このまま打ち捨てるには、躊躇《ためら》いがあるといった面持《おもも》ちだった。

「このような機会が、そうそうあるとは思えませぬ」

源之助が、一同を見回して口にした。

「そうですな。調べられるだけは、当たってみましょう」

青山は、廻漕河岸場方としての考えだった。現在の紙の値と、これまでの値動きについて調べることにした。利を得られないと判断すれば、そこで止《や》めればいい。

「ではそうしよう」

江戸は広い。手分けをして当たる。

正紀は、源之助と植村を伴《ともな》い日本橋方面を、杉尾と橋本は本所深川《ほんじょふかがわ》方面の紙商いのもとを訪ねることにした。


師走も半ば近くになって、江戸の町もどこか忙《せわ》しない様相を呈してきた。寒風《かんぷう》が吹き抜ける中でも、出歩く人の数が増えているように正紀には見えた。

大掃除のための、煤竹《すすたけ》を商う屋台店が出て、求めてゆく者は少なくない。ねじり鉢巻きをした店の親仁《おやじ》が、呼び声を上げていた。この時季だけの品だから、売り尽くしてしまいたいのだろう。

焼《や》き芋《いも》を売る屋台も出ている。白煙が、冬の空に上がってゆく。

「うまそうですな」

食いしん坊の植村が呟《つぶや》いた。幼子《おさなご》を連れた母親が、買い求めていった。

正紀は、まず江戸橋に近い紙問屋の敷居を跨《また》いだ。見ただけでは分からない紙の束《たば》に、値の記された短冊がつけられていた。

しかしよく見ると紙の色は微妙に異なることが分かるし、触ってみれば厚さや質の違いもある程度は区別ができた。

源之助が、手代《てだい》に問いかけた。

「紙の値は、今のところ落ち着いております」

安ければ半紙一枚十文あたりから、極上品ならば十六文あたりから値がついている。

卸値《おろしね》だから、小売りではこれに利が載ることになる。

「品の仕入れ具合では、極上品は一枚二十文以上になる場合もございます」

この言葉に、植村は目を輝かせた。

「値動きが、激しい品なのか」

源之助が、問いかけを続けた。

「江戸に品が入る時期と量にもよります」

「今はどうか」

「紙によりますが」

一口に紙といっても、いろいろある。具体的には、下野《しもつけ》の烏山紙《からすやまがみ》、上野《こうずけ》の桐生紙《きりゅうがみ》、武蔵の小川紙《おがわがみ》、越前紙《えちぜんがみ》、美濃紙、伊勢紙《いせかみ》、丹後紙《たんごがみ》などが挙げられ、他にも様々な土地から入る。西国からは菱垣廻船で運ばれると告げた。産地の事情で、値も変わると付け足した。

どこの産かによって、値も微妙に変わるという話だ。また同じ産でも、極上品とそうでないものがある。

「厄介《やっかい》だな」

「仕入れられる量にもよりますが、上質な品の値はお客様の好みにも左右されます」

「気に入れば、高くても求める者はいるわけだな」

「ええ。ありがたいことでございます」

手代は、笑顔で返した。

「それにしても、紙というのは、高いものですな」

とため息をついたのは、植村だった。かけ蕎麦《そば》一杯は、十六文で食べられる。手代は植村の言葉は無視して続けた。

「紙は、様々な品に加工されます」

書画用以外に障子、番傘、表具《ひょうぐ》、提灯《ちょうちん》、行灯《あんどん》、合羽《かっぱ》、紙子《かみこ》（衣類）などに使われる。求める者が多いという話だった。

「美濃小原紙を存じているか」

「はい。なかなか上質な品でございます」

「ここでも売っているのか」

「いえ。うちでは扱っておりません」

生産量が、それほど多くないらしい。とはいえ、珍しい品というほどではないと告げられた。

「よい品は、他にもあります。ご覧になりますか」

手代は、商売熱心だった。せっかくだから見せてもらった。手で触りもしたが、微妙な違いは分からなかった。

二軒目へ行った。紙の値のあらましを聞く。ほぼ前と同じような返答があった。それから小原紙について、今度は植村が尋ねた。

「なかなかの、上質の品でございます」

「店にあるか」

「少量ですが、ございます」

見せてもらうことにした。手代が、大事そうに一帖《いちじょう》持ってきた。早速正紀は顔を近づけ凝視《ぎょうし》し、手で触ってみた。後から源之助と植村も続いた。

「いかがでございましょう」

「うむ。なかなかの品だ」

それだけを見ては分からないので、他のものも出させて比較した。前の店で極上品として見せられたものと、微妙な風合《ふうあ》いは違っても劣《おと》る品ではないと感じた。

「丈夫で、見た目が美しゅうございます」

源之助が言った。

「繊維《せんい》が長く丈夫なものですので、小原紙は番傘などに使われております」

手代が説明をした。番傘にするには、紙に油を塗ることで防水の役目を果たす。

「しかし番傘ではもったいない」

「小原紙は質を上げて、今では奉書紙《ほうしょがみ》としても使われます」

正紀の言葉に、手代が返した。

「ならば値も張るわけだな」

「そうなります」

今日の小原紙の卸値は、一枚十六文だとか。小売りならば、仕入れた時期にもよるが、安くても二十文近くではないかと言った。

「ならば新たな品が入らなければ、さらに値上がりをするであろうか」

「そうかもしれません」

ここで源之助が、たまりかねたように言った。

「その方《ほう》、小原紙を今すぐ仕入れるか」

「さあ。二束《にそく》でしたら」

一度に、たくさん売れる品ではないらしい。

「ううむ」

仕入れるのは四十五束だ。

さらに四軒の紙問屋を当たった。告げられた値は変わらない。十五、六文程度の値をつけていた。

「追加の入荷がなければ、さらに値が上がるかもしれません」

これから値が上がる可能性はあるらしい。

「一枚十文で仕入れられるならば、今は安いということですね」

源之助の言葉に、慎重だった植村が頷いた。買い入れてもいい方に、気持ちが傾《かたむ》いたらしかった。

三

「しかし何であれ、売れねば意味がないぞ」

店を出たところで、正紀が言った。

「それもできるだけ早くでなければならぬ。藩に持ち金はないわけだからな」

と正紀は続けた。

「確かにどこかから金を借りての仕入れとなれば、利息がつきまする。長くなれば雪だるまのように大きくなっていきます」

これは植村だ。

「いつまでも、置いてはおけません」

四十五束《しじゅうごそく》というのは、少なくない量といえる。屋敷に置くにしても、一束二束と売ってゆくのでは、かなりたいへんだ。

「売り先の見込みがなければ、手を出すわけにはゆくまいぞ」

他の店でも買わないかと尋ねたが、多いところで二束だった。いらないと言ったところの方が多かった。

短い間で稼ぐならば、まとめて買いそうな相手を探すのが手っ取り早いが、そうは都合よくいかない。

「いや、二束でも三束でも、二十軒余りが買えば、売り切ることができます」

源之助は乗り気だ。気迫を持って口にしている。年末に二、三十両入るのは、やはり大きい。

「そううまくいけばよいがな」

「まずは当たってみては」

と口にしたのは植村だった。売れる当てがなければ買い入れるわけにはいかないが、それは当たってみなくては分からない。

そこで三人は、まず高岡藩が買い入れをしている紙屋へ行った。

「いや、うちではちょっと」

二軒あったが、どちらも体《てい》よく断られた。そこで目についた小売りの間口四間半《しけんはん》（約八・一メートル）の店へ入った。中どころの店だった。

店先にいた番頭に、話を持ちかけた。

「小原紙ですか。一枚十文で、一束ならばいただきますよ」

とやられた。はなから買う気はないといった印象だった。小原紙のことは知っているらしかったが、これまで仕入れてこなかった。

「無理してまで、欲しいわけではありませんのでね」

それ以上は押せなかった。

次は間口六間（約十・八メートル）の大店《おおだな》だった。店の入口に、御用を受けている大名家の名を記した板が掛けられていた。店内には、様々な紙の束《たば》が積まれている。

商う種類も多そうだし、扱う量もそれなりにあるだろうと察せられた。

「ここならば、いけるのではないですか」

早速源之助が番頭に当たった。

「これは、お武家様が商人のような」

番頭は、侍が持ってきた話に驚いた様子だった。かまわず、源之助が小原紙について話をした。

「うちでは、仕入れ先はすべて決まっております」

話を聞いた番頭は、申しわけないという顔をして頭を下げた。

「しかし安く卸すのだがな」

源之助は、簡単には引き下がらない。

「値がいくらかではありません。長い付き合いの問屋から買い入れます」

信用と実績ということだ。

「その中に、当家も交《ま》ぜればよい」

源之助は、これからも仕入れるつもりで口にしていた。ただ植垣屋とは、その約束はしていない。

この店では、小原紙は仕入れていなかった。粘りに押されて、番頭は少し迷う様子を見せた。

「おいくらで」

「一枚十五文で、四十五束だ」

「それでは、新たに仕入れるほどのうまみはございません」

あっさりと返された。

「いくらならば、よいのか」

「十一文ですね。初めは十束で」

「………………」

源之助は言葉を呑んだ。その値では、こちらのうまみがなくなる。少しでも売り残したら、損失になりそうだ。まとまるかと思ったが、甘かった。

三軒目は間口二間（約三・六メートル）の小店《こだな》だった。

「どんなに質がよくても、高ければうちでは売れません。一枚の仕入れ値が十五文では、話になりません」

相手にされなかった。こちらとしては、少なくとも一枚を十五文で売りたかった。

そして四軒目に行く前に、立ち話をした。

「まとめて買い入れるならば、話次第では一枚十四文も考えに入れてはいかがでしょうか」

源之助の提案だ。ここまでならば、受け入れられる。

次に目に入った店は間口五間半（約十メートル）で、老舗《しにせ》といった風情《ふぜい》があった。

ここも大名家の御用を受けている店だった。

「小原紙ですか。あれはよい紙ですね」

初めは胡散臭《うさんくさ》そうな顔をしたが、話を聞いた後では、番頭の愛想《あいそう》はよくなった。

「これから毎年のことでございますね」

「そうだ」

一回だけというのは、嫌らしい。求められたら、いつでも揃えられることが大事なようだ。そこは、植垣屋と話を詰めなくてはならない点だった。

継続して利を得られるならば、高岡藩としては長く続けたいところだ。

「納品は、いつでございましょう」

「もちろん、すぐにだ」

「値はいかほどで、量はどれくらい」

これまでとは異なる反応だった。ただここからが問題だ。ここまでならば、前にもあった。番頭は、検討をしようとしている。

「一枚十五文で四十五束だ」

源之助が、慎重な口ぶりで告げた。相手は、ぜひとも欲しいと考えているわけではない。こちらから持ちかけた話だ。

「なるほど、少々お待ちを」

買い入れを受け入れられる条件と感じたらしい。奥へ行ったのは、主人と相談するためだと察せられた。

そしてしばらくして戻ってきた。

「小原紙とはいっても、出来た年によって質も値も微妙に異なります」

「それはそうであろう」

「実物を拝見しなくてはどうにもなりませんが」

「うむ。明日にも持参しよう」

当然の要求だ。何であれ、品を見ようとの姿勢だった。

「あくまでも拝見した上でのことですが、一枚十三文でいかがでしょうか」

それならば、四十五束買いたいと続けた。

「ううむ」

源之助は、顔を顰《しか》めた。定めた十四文よりも安い。けれども他に買い手がなければ、それでもよいのではないかという気持ちがあるようだ。

「お支払いの時期でございますが。すぐにはちと」

「いつならばよい」

「年末までに、掛売分《かけうりぶん》が手元に入ります。年明けすぐで」

「それは」

美味《おい》しい話とはいえない。しかし仕入れの金子を、どういう条件で借りられるかによっては、検討の余地がありそうだった。

四

正紀は屋敷に戻るとすぐに、洲永に小原紙の見本を貰《もら》ってくるように命じた。そして少しして、杉尾と橋本が戻ってきた。

小原紙についての評判や値は、正紀らの調べとほぼ同じだった。

「一束二束ならば、値段次第ではすぐにも買おうという店はありました」

「いかほどを言ってきたのか」

「一枚十二、三文で。十文のところもございました」

杉尾が答えた。十一、二文では、値の折り合いがつけられない。わざわざ買い入れるうまみがなくなる。

正紀も聞き込みの結果を、佐名木、青山と井尻、源之助と植村、杉尾と橋本の面々に伝えた。

「一枚十三文は、ぎりぎりでございますな」

「すべて一度に買い取るのならば、その値で売ってもよい話なのではないでしょうか」

杉尾の言葉に、青山が返した。多少でも、利は得られる。当初は迷っていた様子だが、気持ちが傾いてきたらしい。

「しかし支払いが、年明けではな」

年が明ければ、借金の利息が増えると、井尻はいい顔をしていなかった。小心な井尻は、現金を手にしないと落ち着かない質《たち》だ。

「確かに、支払いが年明けというのは気になりますな」

利が薄いならば、できるだけ短い中で決着をつけるべきだとするのが佐名木の考えだった。とはいえこれらは、新たな金主《きんしゅ》が現れなければ、絵に描いた餅になる。

「もう少し、よい値で売れる先を探してみよう」

植垣屋への返事が一日二日遅れても、問題はない。金子は欲しくても、ぜひにも乗らなくてはならない話ではなかった。

見本を得るべく植垣屋へ出向いた洲永だったが、戻ってきたときには主人の佐治兵衛が一緒だった。見本の紙の他、白絹一反《しらぎぬいったん》を手土産《てみやげ》にしていた。

「ご挨拶をさせていただきたく」

と告げてきた。正紀と佐名木で話して、対面を許すことにした。

佐治兵衛は四十をやや過ぎたあたりの歳で、恰幅《かっぷく》がよかった。口元には笑みを浮かべていたが、油断のない目つきをしていた。

「小原紙についての格段のお計らい、まことにありがたく」

両手をついて、畳に額をつけた。正紀は、気になっていたことを問いかけた。

「なぜその値で売るのか」

一枚十文が安値であることは間違いなかった。とはいえそれは口に出さなかった。つけられた値についてはすでに洲永を通して耳に入っていたが、本人の口から聞きたかった。

「何よりも、高岡藩で扱っていただきたいゆえにでございます」

「なぜに、高岡藩なのか。どこの藩でもよかろう」

世辞《せじ》だと思うから、きつめに言った。

「いえ、そうではございません。高岡藩は、薄口醬油や下り塩、〆粕《しめかす》などを仕入れて、商いにしておいでございます」

確かにそれは、商いとして定着していた。植垣屋は、高岡藩について調べた上で話を持ってきたと分かった。

「当家のことを、なぜ調べたのか」

「洲永様のご実家の大越様から話が出たからでございます」

商いをしようとする相手を調べるのは、商人として当然だ。洲永がした話とも繫《つな》がる。

「井上様ならば、必ずや売り捌《さば》いていただけると存じました」

聞いて、悪い気持ちはしなかった。ただ綺麗ごとを聞かされたような気もした。

「それだけか」

「いえ。十七日までには、五十両が入用《いりよう》でございます。高岡藩なれば、確かな売買の相手と存じました」

「そうか」

確かな商売相手とされるのも、不満ではない。相手は金が入るのを急いでいる。だから安値にした。日にちがあるならば、店で売るのだろう。

正紀は己の気持ちが動いたのが分かった。

「売り先は、他にもあるのではないか」

一応言ってみた。江戸市中には、少なくない紙問屋があるはずだった。

「ございます。ですがわざわざ商売敵《しょうばいがたき》を儲けさせるには及びません。それに」

植垣屋は躊躇《ためら》う様子を見せたが、言葉を続けた。

「井上様は、尾張藩に近いお立場でございます」

「うむ。それはそうだ」

「尾張藩での、仕入れの量を増やしていただいたり、高須藩に出入りできるよう口添えをしていただいたりできたならば、ありがたく存じます」

「なるほど」

そういう下心があったのかと得心《とくしん》がいった。商人としては、ありそうな目論見《もくろみ》だろう。聞いて腹が立ったわけではなかった。

「それはできぬ」

正紀は、きっぱりと告げた。その手の話は、受け入れられない。

尾張や高須、今尾といった一門の藩の内情には口出ししない。一門ではあっても、そのあたりの一線は引いておくべきだと考えていた。

「ははっ。ご無礼を申し上げました。お許しくださいませ」

植垣屋は両手をつき、改めて額を畳につけた。

正紀には、もう一つ確かめておきたいことがあった。

「この度の小原紙の買い入れについてだが、今年だけのことか。来年以降も、続く話なのか」

これまで廻った店の反応からして、今年だけならば売りにくい。

「商っていただけるならば、引き続き来年も」

「分かった。しかしまだ決めてはいない」

「何が気になりますので」

「一枚九文ならば、今すぐに決められるが」

値切ってみたのである。

「いや十文は、やっとの値でございます。ご勘弁くださいまし」

ここでの一文の違いは大きい。下手《したて》には出ていたが、この点についてははっきりしていた。

「ともあれ検討しよう」

「よろしくお願いいたします」

改めて深く頭を下げると、植垣屋は引き上げていった。


夜、正紀は京の部屋へ行った。二人の子どもはすでに眠っていた。姉の孝姫の寝息はしっかりとしている。

「侍女たちを相手に、元気に遊びましてございます」

鞠《まり》を追いかけるのが好きだ。もう軟《やわ》らかく炊《た》いた米を食べることができる。

清三郎の寝息は、耳を近づけないと聞こえない。微熱もたびたびで、乳を飲む量も少なかった。

昨日、尾張藩上屋敷で茶会があったが、終わるとすぐに京は子どものいる屋敷へ帰ってきた。

「気晴らしができました」

とは口にしたが、頭の隅には清三郎のことがあったのだろうとは感じた。

そして、洲永が持ち込んできた小原紙の商いについて、正紀は話した。

「茶会で目にした美濃紙は、立派でございました」

「なるほど、そのようなところでも使われていたわけか」

奉書紙は、いろいろな用途があるという話だった。

五

翌日は小春日和《こはるびより》で風もなく、陽だまりを歩いていると汗が出てくるほどだった。乾いた枯れ葉が、どこかから舞い落ちてくる。

商家の小僧が、道に水を撒《ま》いていた。

小原紙の見本を持って、橋本は杉尾と共に、湯島《ゆしま》と本郷界隈《ほんごうかいわい》を歩くことになった。源之助らは、京橋《きようばし》から芝《しば》方面を廻ると聞いている。

洲永が持ち込んだ小原紙については、仕入れる方向に動いていた。実際に売れるのかどうか、はっきり見極めたいところだった。

界隈には紙商いの店が七軒あって、一軒ずつ声をかけてゆく。

「どのようなご用で」

現れた主人や番頭は、紙を求めに来たと考えるらしかった。しかし売りに来たと伝えられると、一様に驚きの表情になった。

「お侍様が、珍しいですね」

橋本はかまわず本題に入り、一通り話したところで、見本の紙を見せ触らせた。橋本は、熱意を込めて話すから、それで相手は冷やかしではないと感じるらしかった。

「なかなかよい紙でございますね」

小原紙を知っている者も、知らない者も、見て触ることで品質のよさは分かるらしかった。さすがに紙商人だと、橋本は感心した。

初めは関心がないように見えていても、触って真顔になった主人もいた。昨日見本を持って廻らなかったことを後悔した。

商いにおいて、見本の大事さが分かった。

武士でも品を薦《すす》めていると、商人になってゆく気がしてきた。不満ではなかった。藩を守るのは、刀だけではないという考えになってくる。

「支払いは年内にできますが、一枚は十二文でないと」

「さようか」

下手《したて》には出ていても、相手は武家だと、足元を見ているのかもしれない。失望があるが、それは顔には出さないようにした。

次の店へ行く。ここでも話を聞いた主人は丁寧《ていねい》に小原紙を検《あらた》め、番頭と相談をした。そして頷き合った。

「一枚は十四文でかまいませんが、支払いは来年三月までご猶予《ゆうよ》をいただきます」

「ずいぶん先だな」

値は悪くないが、他の条件が合わなかった。

さらに廻ってゆく。初めから興味を示さない店もあったが、おおむね話はできた。とはいえ湯島と本郷では、話をまとめられなかった。値段や支払日で折り合いがつかない。こちらから持ち込んだ話だから、相手にしたらぜひにも欲しいわけではなかった。

「商いは、難しいですね」

「うむ。向こうの思惑があるゆえな」

杉尾も年貢米の売買で、商人との関わりはあった。しかし侍という目線で、商人と向かい合っていた。

橋本は、元は高岡河岸の番人だった。江戸へ出てきて、ものの見方が変わった。それは刺激的で、楽しくもあった。言葉で相手を動かし、利を得ることができる。国許にいたときには、思いもしない暮らしだった。

こういう役目を与えてくれた正紀には、感謝をしていた。

杉尾も精力的だ。国許にいたときとは、印象が違う。話したことはなかったが、同じような気持ちかと察せられた。

「紙屋が仕入れないとなったら、どうしたらよいでしょう」

「そうだな」

二人は困惑した。一通り廻って、ため息が出た。他の界隈へ行く手もあったが、他に当たれることはないかと考えたのである。

本郷通りの商家に目をやった。まず目についたのは、間口三間（約五・四メートル）の筆墨屋《ひっぼく》だった。藍染《あいぞめ》の暖簾《のれん》に、冬の日が当たっている。

「あそこでは、置かないでしょうか」

「なるほど、紙と筆は欠かせぬ間柄だな」

大店ではない。しかし事情を聞けば、問屋を当たれるかもしれなかった。

「いえ、うちは筆と墨だけしか扱っておりません。紙はやりません」

若旦那らしい二十歳《はたち》前後の者が答えた。専門店という話だ。

「やればよいのでは。客は手間が省《はぶ》けるであろう」

橋本が踏み込む。

「紙の売り場を増やすと、筆や墨の置き場が大幅に減ります」

きっぱりとした物言いで、なるほどと思えた。

「問屋へ行ったら、どうなるか」

「扱わないでしょうね。紙には紙の問屋があります」

あっさりしたものだった。ただ若旦那ふうが付け足すように言った。

「紙ならば、うちなんかへ来るよりも、錦絵《にしきえ》を扱う店へ行った方がいいんじゃないですかね」

と教えられた。人気の多色刷り《たしょくず》の木版画は、上質の紙が求められるとか。橋本は書画を楽しむゆとりなどなく過ごしてきたから、意外だった。

そこで橋本は、杉尾と共に湯島にある書肆《しょし》へ行った。

「おお、見事なものだな」

店内には、美人画や風景画、動植物を描いた錦絵が置かれている。店内を見回した杉尾が、声を上げた。

「まことに」

これまで書画などについては、気に留めることもなかった。美人画には、息を呑んだ。このような女子《おなご》が、この世にいるのかと思った。

店の中には、品選びをする何人かの客の姿があった。売られているのは安くはない品だが、皆楽しそうに見えた。

橋本と杉尾は錦絵に手を触れさせたが、上質な紙だと分かった。

「これならば、いけそうですね」

「錦絵を売るのは、ここだけではなかろうからな。上質な紙は大量に入用となるであろう」

そこで店の中年の番頭に問いかけた。錦絵版画の、絵師によって描かれ店頭に並ぶまでのもろもろについてである。

「戯作《げさく》や絵本などを拵《こしら》えて売るのは、地本問屋《じほんどいや》といわれる版元《はんもと》さんたちです。うちは日本橋南伝馬町《みなみでんまちよう》三丁目の柏木屋《かしわぎや》さんから仕入れています」

「錦絵は、見事な彩色《さいしき》だな」

「ええ。喜多山貞国《きたやまさだくに》という絵師の美人画が、売れていますね」

艶《あで》やかというよりも、清楚《せいそ》な娘が描かれている。橋本が初めに惹《ひ》かれたのは、この絵だった。

「版元としては、利益を出さなくてはなりませんので、絵師をはじめ彫師《ほりし》、摺師《すりし》を誰にするか慎重に選びます」

「大きく儲けられるか、大量の在庫を抱えるかは、版元の一存にかかるわけだな」

「そういうことでございますね」

誰にどのような絵を描かせるか、刷りの精粗《せいそ》などあらゆる面で版元は気配りをする。喜多山貞国は、売り上げの先頭を行っているのだとか。

「では使う紙も、版元が選んでいるわけだな」

「もちろんでございます。紙によって、刷り上がりが変わります」

商品としての錦絵は、絵師だけでなく、彫師や摺師、紙質などすべてにおいて吟味《ぎんみ》して売られるという話だ。

橋本は杉尾と顔を見合わせた。

「面白い話を聞きました」

書肆《しょし》から通りへ出たところで、橋本は言った。

早速、南伝馬町三丁目の柏木屋を目指した。小原紙がいくらよくても、錦絵にふさわしいかどうかは分からない。ともあれ当たってみるしかなかった。

六

橋本と杉尾は、柏木屋の前に立った。間口三間（約五・四メートル）で、周囲の店と比べれば大店とはいえないが、装飾が派手で立派な建物だった。

中を覗くと、墨のにおいが鼻を衝《つ》いた。棚に、いくつもの絵が並べられている。店にいた精悍《せいかん》な眼差しの番頭に、橋本が声をかけた。

「ここでは、紙の仕入れはどのようにしているのか」

「昔からの、馴染《なじ》みの店から仕入れております」

「どこの紙か」

「ものにもよりますが、下野の烏山紙、上野の桐生紙などでございます」

よいものがあれば、取り寄せると付け足した。

「当方には美濃小原紙が四十五束《しじゅうごそく》ある。よい紙だ。使ってみぬか」

見本を見せた。受け取った三十歳前後の番頭は、手で触り目を近づけた。

「なかなかの紙でございますね」

小原紙のことは知っていたが、触るのは初めてだと付け足した。

「いかにも。錦絵を刷るのには、適していると思うが」

橋本は返した。当てずっぽうに言っている。使えないと告げられたならばすぐに引き上げるつもりだった。いくらよい紙でも、刷るのにふさわしくなければ買えないだろう。

番頭は、小僧に主人を呼ばせた。しばらくして、羽織姿《はおりすがた》の中年男が現れた。

「主人の孫四郎《まごしろう》でございます」

と名乗った。番頭は加兵衛《かへえ》だと紹介した。橋本は息を呑んだ。脈があると感じたからだ。

呼ばれた主人も、見本の紙を丁寧に検めた。

「これは、使えるかもしれない」

表と裏と、さんざん撫《な》でた後で主人は口にした。

「値は、いかほどでしょうか」

「一枚十五文でどうか」

譲るつもりはないといった言い方にした。いけそうだから、強気に出た。さらに付け加えて言った。

「支払いは、納品の翌日だ」

一応そう伝えたが、相談には乗るつもりだった。

「お話は、承《うけたまわ》りました。ただ今決めるわけにはまいりません。摺師《すりし》にも紙を見せ、考えを聞きたく存じます」

柏木屋は、慎重な言い方をした。

「よかろう」

摺師の意見を聞くのは、当然だと思われた。問題なければ、こちらの条件で買い入れるという話だった。見本を預けることにした。

「うちでは喜多山貞国だけでなく、他の錦絵にも使えるやもしれません」

「そうなれば、毎年になるか」

「他にふさわしい紙が現れれば、そちらを使います」

このあたりは、はっきりとしていた。買い入れるとなったならば、明日の夕刻、向こうから屋敷へやって来ると言った。

正紀は来客があったので、屋敷にいた。源之助と植村は、京橋界隈を廻っていた。昼下がりになって、杉尾と橋本が、興奮した様子で戻ってきた。よい知らせがあるようだ。

佐名木と井尻、青山の四人で報告を聞いた。杉尾が、気持ちを抑《おさ》える様子で、柏木屋とのやり取りについて話した。

「なるほど、地本問屋へ行ったのは上出来だった」

青山がねぎらった。

「一枚が十六文と申せばよかったではないか」

井尻は、欲深なことを口にした。

「摺師は、気に入るでしょうか」

佐名木は慎重な口ぶりだった。職人は紙の良し悪しではなく、好みで刷る紙を決めるかもしれないと言い足した。

「そこだな」

正紀にしても、まだ気を許すわけにはいかない。

「この値でも、買い入れてもらえるならば何よりでござる」

これが井尻の本音だった。


夜、京にその話をした。

「目の肥《こ》えた主人や番頭がそのように申したのならば、決まるのではないでしょうか」

聞き終えた京はそう答えた。年末に二十両ほどが入るのは、高岡藩にとっては大きい。

「少しでも返済をしたいところですが、国許と江戸の家臣に、せめて餅くらいは配りたいものでございます」

京は正紀が思っているのと同じことを口にした。それから寝ている清三郎について、不安げな目を向けて告げた。

「また飲んだ乳を戻しました。微熱もあるようで」

「そうか」

一時治《いっときおさ》まっても、またぶり返す。口には出さないが、そのたびに少しずつ弱ってゆくような気がした。

「医者は何と」

「腹が弱いと」

京は不安を隠せない。しばらく、二人で清三郎の寝顔を見つめた。体がいつもよりも小さく見えて、正紀はどきりとした。

翌日正紀は、朝から落ち着かない気持ちで過ごした。それは話を持ってきた杉尾や橋本も同様らしかった。外廻りには、出ていかない。

井尻は借金返済のためのやり繰りをしているのだろう、終日算盤を弾《はじ》いていた。

そして夕刻になって、柏木屋の主人孫四郎が姿を見せた。杉尾と橋本の他に、井尻も同席をした。

襖《ふすま》を隔《へだ》てた隣の部屋で、正紀はやり取りを聞く。

「摺師も、小原紙はよい品だと申しました」

「そうであろう」

井尻が満足そうに答えた。

「昨日お伺いした代金と枚数で、お引き取りいたしたく存じます」

「うむ」

井尻にしたら小躍《こおど》りしたいほどの気持ちだろうが、抑えた口調で言っていた。

「それでいつ、荷を頂戴《ちょうだい》できますので」

柏木屋としては、早く欲しいらしかった。

「それは」

井尻は困惑の声を上げた。藩ではまだ、植垣屋から買い取るための金子を手にしていない。ここまでは、いつでも手を引くことができたが、これからは違う。

「八日後でどうか」

杉尾が告げた。急ぐと言われて、それ以上待たせることはできないだろう。

「いや、もう少し」

「ならば五日後で」

これは橋本だった。打ち合わせをしていないが、正紀もそう答えるだろうと思った。植垣屋は、十七日までには金子が欲しいと話していた。話し合って、引き渡しは、十二月十六日となった。

とはいえ高岡藩では、まだ金子の用意ができていない。できなければ、せっかくの儲け話が絵に描いた餅となる。

文書による約定《やくじょう》は、交わすことができなかった。仕入れる金子の用意ができなければ、売買は成立しない。互いに口頭で、取り止めを伝えることができる形にした。それならば、どちらが断っても違約料は払わない。

「では文書による約定は、なしということで」

そう言って、柏木屋は引き上げていった。軽い感じだった。ただ柏木屋は、小原紙を気に入っているのは間違いない。

「ぜひにも使いたい」

と繰り返し口にした。

七

「忙しいことになりました」

正紀の御座所に一同が揃ったところで、井尻が言った。とはいえ、顔はほころんでいる。金を拵《こしら》えるのは、井尻の仕事ではない。使い道を考えているらしかった。

「しかし五十両、どこが貸しましょうか」

青山が言った。金子を拵える側の立場として言っている。

「拵えるしかありませぬが、厳しいです」

植村は正直だ。

「いや、何としてでも」

源之助は気持ちが先走っていた。杉尾と橋本は、何も言わぬまま思案顔をしている。金子を拵えるための妙案が、浮かばないからだ。たいへんさが分かっている。

「ともあれ、もう一度当たってみよう」

正紀が言った。御手伝普請の折に、借りられなかったところだ。縁もゆかりもないところでは、話を聞いてもらうだけでもたいへんだ。もう時間がない。

「買い取る者は決まっておりますからな、話に乗る者はいるかもしれませぬ」

佐名木の予想だ。

「そうかもしれません」

源之助が合わせた。井尻も頷いている。

「しかしこれまでの借り金を、返せておりませぬ。その上ですから厳しいでしょう」

青山は楽観していない。それでも当たるしかなかった。


次の日正紀は、源之助と植村を伴って、深川堀川町《ふかがわほりかわ》にある高岡藩御用達の米問屋安《あ》房屋《わ》へ行った。油堀《あぶらぼり》の北河岸にあって、間口が六間半（約十一・七メートル）の大店だ。店の前に、船着場がある。高岡藩の年貢米を扱っていた。

御手伝普請のときには、金子五十両を出そうという態度を見せた。しかし高岡藩が欲しかった十一月中には、手元に金子がないとして神妙に頭を下げられた。当てにしていたが、頼りにならなかった。

「先月は、お役に立てませず」

正紀の顔を見た番頭の巳之助《みのすけ》は、まず頭を下げた。

「いや、何とかなった。内証は苦しいがな」

「それは何よりでございます」

いかにもほっとしたという表情だが、それは表向きのことだと分かっていた。ただ先月金子を出そうとしていたのは、素振りだけではなかったと考えている。高岡藩が御手伝普請の金子を出せなくて改易になれば、安房屋も大きな損失を受けるのは明らかだったからだ。

「お役に立てなかったのは、残念でございました」

もっともらしく口にした。

「そこでだがな、新たな金子について話を聞いてもらいたい」

「はあ。何でございましょう」

口には愛想笑いが残っていたが、いきなり疑う目になった。面倒なことを言われると感じたのだろう。

「当家で紙を仕入れたいと思う。そのために金子が入用だ」

正紀は、小原紙に関する話をした。

「五十四両を用立てろという話でございますね」

巳之助は醒《さ》めた物言いになっていた。

「そうだ」

「となるとこれは、商いの話となります」

「うむ。もちろん、利息は払う」

一枚につき、一文とした。月利にすると、長引いた場合には高い利息になる。これならば長くなっても、決まった額を払うだけだ。

「さようでございますか」

巳之助はあくまで無表情で、都合のいい話とは感じなかったようだ。そのまま続けた。

「五十四両というのは、大金でございます」

まずはそれを口にした。

「それは分かっておるぞ。しかし師走になれば、掛売《かけうり》の金子が入ると申したではないか」

「いたしました。少しずつ入ってはおります」

「では、出せるであろう」

「しかしあれは、高岡藩存亡《そんぼう》の大事でございましたゆえ、何とかしたいと申し上げたのでございます」

「うむ」

「此度《こたび》の御用は、そうではございません」

きっぱりと口にしていた。

「そうかもしれぬがな、これは近々に返せる金子だ」

「とはいえ、三、四日でご返済いただけるわけではございますまい」

「それはそうだ」

「年末でございます。その金子につきましては、支払う先が、すでに決まっております」

金子は出せないという話だった。無理強《むりじ》いはできない。

そこで次は、伊勢崎《いせざき》町の船問屋濱口《はまぐち》屋へ行った。主人の幸右衛門《こうえもん》と話をしようとしたが、留守だった。正紀は、利根川で囲米輸送をしていた濱口屋の荷船の危機の際に、手助けをした。それ以来、幸右衛門とは昵懇《じっこん》の間柄になっていた。

直《じか》に話さなければ、借りられるものも借りられなくなる。

「仕方がない」

もう一軒長く付き合いをしている、霊岸島富島《れいがんじまとみじま》町の塩問屋桜井《さくらい》屋へ行った。桜井屋は、塩の産地である下総行徳《ぎょうとく》に本店があった。前は江戸内湾《ないわん》の塩だけを扱っていたが、正紀と関わることで下り塩も商うようになった。

先代の主人長兵衛《ちようべえ》と正紀は、京と祝言を挙げる前から縁があって親しい間柄になっていた。

「桜井屋は吝《しわ》いですから、無理ではないでしょうか」

源之助は、乗り気がしないといった顔で言った。植村も頷いている。

先月の御手伝普請の折には、もちろんここも頼りにした。けれども長兵衛はすでに隠居をしていて、倅《せがれ》長左衛門《ちようざえもん》の代になっていた。

長左衛門は、商いにはならないとして話に乗らなかった。長期間、無駄に大金を遊ばせることはできないという理由からである。長左衛門はやり手で、店の商い量を増やしていた。

情では金子を出さない人物だ。正紀も当てにはしていないが、話すだけは話そうという気持ちだった。

「これは正紀様」

店の帳場に、長左衛門がいた。愛想はよかった。

「御手伝普請の件、無事に過ぎまして何よりでございます」

手助けをしなかったことには触れないで、そう言って頭を下げた。

正紀は早速、来意を伝えた。

「五十四両でございますか」

機嫌のよい返事ではなかった。

「そうだが、紙の買い手は決まっておるぞ」

地本問屋の柏木屋だと伝えた。

「さようで」

わずかに表情が緩《ゆる》んだ。長左衛門は、柏木屋を知っているらしかった。

「喜多山貞国の美人画を刷るのだ」

利息についても、一枚につき一文払うことを伝えた。

「貞国ならば、売れるでしょう」

「そうか」

思いがけずすんなりと話が進んだので、内心は驚いた。長左衛門は、人気の絵師が絡むならば商いになると踏んだらしかった。そうなると吝いとはいっても、金子を出す。

「ですが利息は、一枚につき二文を申し受けます」

「ううむ」

こうなると桜井屋への返済が六十五両弱となる。高岡藩が受け取るべき利は、だいぶ減る。けれどもこれを逃すと、他で借りられるかどうかは分からなかった。またどこで借りても、利息は支払わなくてはならない。

「金子は、話が決まり次第お出しすることができます」

と長左衛門は続けた。源之助と植村は困惑顔だ。

「明朝、返事をいたそう」

とは告げたが、正紀の腹は決まっていた。これで小原紙を仕入れることができることになった。

第二章　四十五束

一

屋敷に戻った正紀は、佐名木や井尻、青山に、桜井屋での話を伝えることにした。供をした源之助や植村も同席している。話を始めようとしたところで、杉尾や橋本たちも帰ってきた。

そこでまず、杉尾に商家を廻った報告をさせた。どこからも歓迎はされなかったようだ。やり取りの模様を聞いた。

「またでございますか」

「今はめったな動きを、なさらぬ方が」

藩に出入りする商人と多少とも縁のあった者を訪ねたわけだが、どこも体《てい》よく断られたという。

次に源之助が、安房屋と桜井屋へ行った模様を伝えた。

「桜井屋め、抜け目のないやつだ」

話を聞いた青山が口を切った。

「仕方がありませぬ。たとえ二十両に満たなくても、年の瀬に予定外の金子が入るのは大きゅうございます」

井尻は吝《しわ》い上に欲張りだが、仕方のないことについてはあきらめが早かった。陥《おちい》った状況の中で、どうするかを考える。早速、見えてきた金子の使い道について、思案しているに違いなかった。

青山も、それ以上のことは口にしなかった。

「年の瀬になって、五十四両を出せる店はそうはあるまい。それでよいのではなかろうか」

佐名木も応じた。居合わせた者で、異を唱える者はいなかった。これで小原紙《おばらがみし》四十五束《じゅうごそく》を仕入れることが、正式に決まった。

正紀のもとへ、洲永を呼んだ。

「その方《ほう》が伝えてきた、小原紙についてだが、金子の用意ができることになった。買い入れるといたす」

「それは何よりでございます」

満面の笑みになって、洲永は頭を下げた。己が出した案が取り入れられる。それも順調な運びだという話である。

馴染みのなかった藩に移って、役に立てた喜びは大きいだろう。


一日の役目を終えた植村は、お長屋へ戻ることにした。夕暮れどきだが、洲永は買い入れる植垣屋へ、一報を伝えに出ていた。張り切っていた。

薄暗がりのお長屋への路地で、若い侍二人が話をしていた。抑えた声だが話の中身が耳に入って、植村は立ち止まった。

「洲永のやつ、鬼の首を取ったような顔をしていたな」

「新参者のくせに、いい気になりおって」

「まったくだ。少しくらい、うまくいったからといって」

「あの天狗《てんぐ》の鼻をへし折ってやりたいものだぞ」

二人は保科五郎太《ほしなごろうた》と西門松之助《にしかどまつのすけ》だった。保科家は家禄四十俵で、西門家は三十五俵の江戸詰めだ。どちらも二十三歳で部屋住《へやず》み同士だったから、前から仲はよかった。

西門は嫡男なので、父親が隠居をすれば家督を継ぐ。しかし保科は三男で、次男は国許の藩士の家へ婿に入ったが、自身の先行きはまだ定まっていなかった。

一門の浜松藩士の家から縁談があったというが、進んだとは聞かない。壊れたのだと察せられた。ならばなおさら苛立《いらだ》っていることだろう。

武家の次三男は、どこかの御家に婿に入らなくては、侍として生きる道はなかった。その機会を得られなければ、厄介叔父《やっかいおじ》と呼ばれて、生家《せいか》の世話になり続けるしかない。生涯を冷や飯食いのままで過ごす。

己を試すための場に、立つこともできない。

「あのような余所者《よそもの》を婿に取るくらいならば、洲永家はその方を迎えればよかったのだ」

と言ったのは西門だ。保科に対して、機嫌を取る口ぶりにも聞こえた。

「まことに。当家にも、婿の口のない次三男は、まだまだいるのだからな」

保科が返した。

正紀が出した方針だから、直《じか》に責めることはできない。それで洲永に対する不満を口にしていた。井上一門以外から高岡藩士になったのは、先々代の正森《まさもり》の代から見ても、正紀について今尾藩から移ってきた植村だけだった。

「外様のくせに」

と冷ややかな目を向けられたことは、少なからずあった。五年経《た》った今でも、その眼差しを感じることがあった。

腹を立てても仕方がないから、気にしないようにしていた。

植村の場合は正紀の傍《そば》にいるので、まだ救われた。同役の源之助は、そういうことを一切気にする様子はなかった。

しかし洲永は違う。勘定方には、いろいろな者がいる。味方は少ないかもしれなかった。敵視する者ばかりではないにしても、やりにくさはあると察せられる。

保科と西門だけが、取り立ててではないだろう。

だからこそ、洲永は手柄を立てて藩内で認められたいと願っている。それは見ていれば分かった。

小原紙は幸いだったが、出る杭《くい》は打たれる。

「洲永家の登茂はお転婆《てんば》だ。まああやつは、尻に敷かれるのであろうが」

「それでもよいではないか」

西門の言葉に、保科が返した。妬《ねた》みもある。

植村はどうしようかと迷ったが、歩き始めた。数歩進むと、二人は植村に気がついた様子だった。一瞥《いちべつ》を寄こすと、二人はその場から離れていった。

お長屋へ行くと、出入り口に植村の妻女喜世《きよ》と登茂がいて、二人で話をしていた。何がおかしいのか、笑い合っている。登茂は気が強いが、気さくな女だ。家禄が近いので、同じお長屋で暮らしていた。

どうやら気が合うらしい。

「お疲れさまでございました」

喜世と共に、挨拶をした。

「婿殿は、張り切っておりますな」

「いえいえ、出過ぎた真似《まね》をせぬようにと話しております」

そこは案じ顔になった。祝言を挙げたばかりの頃はぎこちない様子があったが、今はそれを感じない。

「登茂どのは生まれながらに高岡藩の方ですが、気を使っておいでです」

二人だけになったところで、喜世が言った。井上一門の生まれでも、他家から婿が入れば気を使う。ましてそれ以外からならば、なおさらだろう。

喜世も実家は直参《じきさん》で、他所《よそ》から入った者だ。悔しいことや腹立たしい思いをしたことはあったに違いない。

二

翌朝正紀は、源之助と植村を伴《ともな》って霊岸島の桜井屋へ行った。空は曇天で、吹きつける風は冷たかった。落葉樹《らくようじゅ》のほとんどは、枝に葉をつけていない。

道行く人は、足早に歩いて行く。駕籠《かご》舁きが、寒そうに客待ちをしていた。

桜井屋の敷居を跨《また》ぐと、帳場には長左衛門がいた。笑顔で三人を迎えた。

「話はまとまりましたようで」

「うむ。借用をいたしたい。年内には、返せるであろう」

熱い茶が運ばれた。これはありがたかった。

正紀は、五十四両の借用書に署名をした。年内に返せない場合には、紙一枚につき二文とは別に、利息が払われる。これは長左衛門がつけてきた条件だが、受け入れることにした。

「まあ、そういうことはないでしょうが」

長左衛門は言ったが、返済の念押しだと正紀は受け取った。抜け目がない。

懐《ふところ》に入れた五十四両は重かった。

「どうぞ増やしてくださいまし」

商人らしい言葉をかけられた。

正紀らは、桜井屋を後にした。

「機嫌がよかったですね」

「五十両を半月貸すだけで、十両を手にするわけですから、機嫌はよいでしょう」

源之助の言葉に、植村が返した。

「高岡藩にしても、十六両が手に入るぞ」

「洲永の実家が植垣屋と関わりがありました。運がよかったということでございましょう。二度はございますまい」

正紀の言葉に続けて、源之助が言った。

表では、午前の日差しが通りを照らしていた。小舟町二丁目の植垣屋へ向かう。

足元は霜柱《しもばしら》が融《と》けて、歩きにくかった。足袋《たび》が汚れる。風は相変わらず冷たかった。頬《ほお》を赤くした十一、二歳の小僧が、前を横切って走って行った。満載の荷車が、泥水を撥《は》ね散らした。

歩きながら正紀は、清三郎のことを考えた。京の話では、昨夜も清三郎は乳を戻したとか。微熱が続いており、泣き声も弱々しかった。

診立《みた》てた藩医の辻村順庵《つじむらじゅんあん》は、明け方まで幼子の傍《そば》で過ごした。

「腹が弱いのは、何かの病《やまい》があって、治りきっていないのかもしれませぬ」

困惑の表情で言っていた。とはいえ大きな病をしたわけではなかった。気づかないだけなのか。

京も寝不足からか、顔色がよくなかった。孝姫だけ、元気がよかった。せめてもの救いだが、それでいいわけではなかった。

京は井上家の菩提寺《ぼだいじ》丸山浄心寺《まるやまじょうしんじ》へ、快癒《かいゆ》祈願の代参《だいさん》を出すと言った。植村の妻の喜世が行く。喜世は植村と祝言を挙げる前に、離別した夫との間に男児があった。

京は喜世とは、気が合うらしかった。

正紀らは、植垣屋の敷居を跨いだ。

「お待ちしておりました」

昨夕、洲永が伝えていたので、佐治兵衛と番頭の猪吉が待っていた。

「まずは品を見せてもらおう」

金銭のやり取りの前に、確かめておかなくてはならなかった。紙が黄ばんでいたり、皺《しわ》が寄るなどしていたりしたら、買い取るわけにはいかない。

「ぜひ、お検《あらた》めくださいませ」

店の裏手にある納屋へ通された。錠前《じょうまえ》がかかっていた戸が開けられた。中には縄のかけられた木箱が積まれていた。冷気がこもっている。

「濡れてはいけない品ですので、名古屋の湊《みなと》から、菱垣廻船《ひがきかいせん》の船庫《ふなぐら》の奥に入れて運びましてございます」

大事に扱われていたらしいことは窺《うかが》えた。猪吉が縄を解き、木箱を開けた。

「いかがでございましょう」

「うむ」

紙は、一帖《いちじょう》ごとに帯封《おびふう》がなされている。正紀が紙をめくって検めた。真っ白で、見た目だけでなく手触りも見本と同じだった。

「うむ。よかろう」

正紀は頷いた。

「これだけの品を、一枚十文で仕入れられるのは、幸運でございます」

猪吉が言った。恩着せがましいというよりも、無念の響きがあった。じっくり売れば、もっと高値で売れることは分かっている。店としては惜しいのだと付け足した。

商いには、待ってもらえない支払いがあるということだ。

それから店の商談用の部屋に移って、五十四両を渡して受け取りと納品の証文を交《か》わした。

「明日中には、お受け取りをいただけます」

納屋で荷を受け取った後、西堀留川《にしほりどめ》の船着場まで運び出す。船着場では高岡藩が用意した荷船に載せることになる。荷船の手配は、杉尾と橋本にさせていた。睦群を通して、尾張藩の荷船を借りる手筈《てはず》が調《ととの》っていた。

そして亀戸《かめいど》の高岡藩下屋敷の建物の中に運び入れる。金がかからない、最適な場所だ。下屋敷での荷下ろしも藩士がおこなう。

「明朝には、参るぞ」

下屋敷には伝えていた。

「洲永彦十郎の実家、大越家とは親しかったのか」

事前に洲永から聞いていたが、話題にした。

「名古屋のご城下におりました折、材木方の大越平兵衛様のお世話になりました」

江戸店の主人になる前は、本店で番頭をしていたそうな。江戸へ出てきた彦十郎は、植垣屋を訪ねたのである。

「尾張をお発《た》ちになる折に、お立ち寄りくださいと話しておりました」

知らぬ土地で、旧知に会うのは心強かろうという配慮だ。

「尾張藩以外にも、出入りをした藩は、あったであろうな」

　正紀は、問いかけの内容を変えた。

「ございました。大垣《おおがき》藩や加納《かのう》藩、そうそう浜松藩の御用をさせていただいていたこともございます」

「今はないのか」

「十一年前まででございます」

　勘定奉行が変わって、御用から外れたそうな。

「何かしくじりがあったのか」

「いえ、そうではありませんが、尾張はもちろん、美濃や伊勢にもよい紙がございます。好みもありますゆえ」

　競争は激しいと言いたいらしい。ともあれ、売買は調《ととの》った。

三

　植垣屋を出た正紀は、町歩きをして刻限を合わせ、浜松藩上屋敷へ出向く。まだ余裕があったので、商家を覗いて様々な品の値動きを検めた。

紙の値にも注意したが、大きな変化はなかった。

浜松藩上屋敷で、佐名木とも落ち合った。この日は、分家の高岡藩と下妻藩の当主と江戸家老が本家へ顔を出し、藩政について報告をし合う日だった。

井上一門が力を合わせるというのが名目だが、勝手な真似をするなと釘を刺される場面もあった。また表には出せない極秘の事項もあるから、腹の探り合いになることもある。

本家からは、当主の正甫《まさもと》と江戸家老浦川文太夫《うらかわぶんだゆう》が姿を見せ、面子《めんつ》が揃った。

正甫はまだ十四歳だが、すでに家督を継いで浜松藩の当主になっていた。とはいえまだ御目見《おめみえ》は済んでいないので任官はしていなかった。江戸家老の浦川が後《うし》ろ盾《だて》になって、藩政を担《にな》っている。

浦川は分家の当主正紀には下手《したて》に出た態度を取るが、胸の内では尾張の血が高岡藩に入ることを快《こころよ》く思っていない。藩の政《まつりごと》については、松平定信や縁筋の松平信《のぶ》明《あきら》に近い立場を取っていた。

正甫に向かい合う形で、分家の者たちが腰を下ろす。部屋の隅には、小机を前にして座った仲津丈作《なかつじようさく》の姿があった。二十四歳で、浦川に気に入られている浜松藩士だ。話し合われたことの記録を取る。

初めに下妻藩主の正広《まさひろ》が、藩政の報告をした。正紀よりも二つ歳下で、井上一門の菩提寺丸山浄心寺の本堂改築の折には力を合わせた。それ以来昵懇《じっこん》となり、御手伝普請の折にも、苦しい藩財政の中で資金の援助をしてくれた。

正広は、仕入れた銘茶緑苑《めいちゃりょくえん》の売れ行きについて話した。

「まずまずの売れ行きでござる。来年も仕入れる手筈を調《ととの》えておりまする」

ほっとした表情だ。

「それは重畳《ちょうじょう》」

関心のない顔で正甫が言い、浦川が頷いた。正広はさらに、新田開発に力を入れる旨《むね》を伝えた。銘茶緑苑の利益で、鬼怒《きぬ》川の護岸工事をおこなうという話だ。鬼怒川は、利根川に劣らない暴れ川だ。

「根気のいる仕事ですが、正広殿ならばいつかは確かなものになるでござろう」

励《はげ》ますつもりで、正紀は言った。歩みはのろいが、着実で、正広らしい。

そして正紀の番になった。まず、先月御手伝普請で一門から世話になった礼を伝えた。無事に終わったことも報告した。本家にも分家にも直後に伝えていたが、正式に礼の言葉を述べたのである。

それから小原紙の仕入れの話をした。紙問屋植垣屋から買い入れ、地本問屋《じほんどいや》の柏木屋へ売ることまで決まっていることを伝えた。

「年の瀬に、確かな利が見込めるわけですな」

「少しばかり」

「小原紙は、よい紙でござる」

浦川の言葉を聞いて、正紀は思い出した。浦川は、十一年前まで国許にいて勘定奉行を務めていた。側用人《そばようにん》となって江戸へ出てきて、前の江戸家老が失脚となってその後釜に就いたのである。

よく知っている印象だったので、嫌な気持ちがした。浦川はこれまで幾度となく、正紀を失脚させようと謀《はか》ったことがあった。

「植垣屋を、存じておるのか」

「そういえば、出入りの商人にあり申した。紙の買い入れをしておりました」

正紀に告げられて、思い出したという表情だった。植垣屋の他にも、紙の御用を申しつけていた店はあったとか。

「御用達から外れたのは、何か不始末があったからであろうか」

「いや、そうではないと存ずるが」

直《じか》に関わったわけではないし、十年以上も前のことなので、しかとは覚えていないと続けた。浦川は狐《きつね》だから、言葉通りには受け取れない。つい疑う気持ちが湧《わ》いてしまうが、この程度の小原紙の買い入れについては、何か企《たくら》みをされるとは思えなかった。

明日にも品は、下屋敷まで運ばれる。

さらに正紀は、清三郎の体の不調についても伝えた。武家の男児の体調は、御家の大事に繋がる虞《おそれ》があった。一門の当主たちには、伝えておかなくてはならなかった。いざということになったとき、「聞いていない」となれば厄介だ。

「それはいかぬな」

まず正甫が反応した。案じ顔になっている。

「当家の医師を送ろうか」

と続けた。

「それはよいお考えで」

浦川が応じた。

正甫は厚意で口にしているが、浦川はそうではない。体の状態を調べ、問題があるならば政争に使う。藩医は、厚意だけで診察するのではないと感じていた。

「それほどではないと存じまする。治まらぬ折には、お願いをいたします」

佐名木が、補《おぎな》うように言った。清三郎の病は、不気味だ。しかしそれで、本家からあれこれ口出しをされるのは迷惑だった。

赤子の身を案じるだけではない問題があった。

そして浜松藩では、浦川が報告をした。灌漑用水《かんがいようすい》のための土手の修復をしたというものだった。水に関する問題は、どこの藩でも悩みの種《たね》だ。

「無事に済んだのならば、何よりでござった」

正紀が応じた。

半刻《はんとき》（約一時間）ほど話をして、正紀や正広は浜松藩上屋敷を出た。

「植垣屋が浜松藩の御用から外されたのは、浦川殿が江戸へ出たからでしょうか」

佐名木が気になる様子で口にした。やり取りの中で、正紀と同じことを考えたらしかった。

「そうなるであろうな」

「勘定奉行ならば、出入りの商人と顔見知りであってもおかしくはありませぬが」

それ以上、話題にはしなかった。進めている案件を壊すわけではない。

空模様がよくなかった。湿った冷たい風が吹いてきた。

「雪にでもなるのでしょうか」

佐名木が、空を見上げて言った。

四

翌日は、早朝から冷たい雨が降っていた。風もあって、雨は横からも吹きつけた。

「霙《みぞれ》ではないか」

雨に手を当てた源之助が言った。これから日本橋小舟町二丁目の植垣屋へ、小原紙《おばらがみ》四十五束《しじゅうごそく》を受け取りに行く。

正紀の指揮を受けて、源之助は青山と植村、それに洲永他七名の藩士と共に足を運ぶ。その中には、保科五郎太と西門松之助の姿もあった。皆、油紙で拵《こしら》えた合羽を身に着けているが、寒さに震えていた。

杉尾と橋本は、尾張藩の船庫《ふなぐら》から荷船二艘を借り受けて、西堀留川にある植垣屋の前で待機する予定だった。

「大事な品でござるゆえ、慎重に運ばねばなりませぬ。何とぞよろしく」

洲永は輸送に関わる者たちに、頭を下げて回った。張り切っていた。

「分かっておる」

寒いからか、不機嫌そうな答えが返ってきた。

「何でこんな日に」

「あやつが、余計なことをするからではないか」

「己が目立つことしか考えておらぬ」

「我らはとんだ骨折り損だ」

「いかにも。あやつの下働きをさせられておる」

保科と西門が話をしているのを、植村は耳にした。洲永が持ち込んだ話が己の手間になり、しかもそれが悪天候の中なので腹立たしいのだろう。とはいえそれを正紀の前では言えないから、二人のやり取りになった。

この不満は他の場面で、何かの形になって出てくる。人は簡単には恨みを忘れない。洲永はその怖さが、まだ分かっていなかった。

草鞋《わらじ》履きの一同は、正紀を先頭に屋敷を出た。足元が、あっという間に濡れた。

植垣屋のある小舟町に着くと、杉尾と橋本が手配した荷船が二艘、すでに停まっていた。雨ということで、幌《ほろ》が掛けてあった。杉尾の配慮だという。

幌は濡れて、川面《かわも》には雨であばたが出来ていた。河岸の道を行き来する人の姿は、常と比べて格段に少ない。

「わざわざこんな日に」

とは源之助も思ったが、決まっていた段取りだから仕方がなかった。天を恨むしかない。

正紀が、待っていた番頭の猪吉に荷の受取証を渡した。

「では運ぶぞ」

伴《ともな》って来た藩士たちに声を上げた。

「おおっ」

寒いから、せめて声でも上げなければ気持ちがめげるのだろう。大きな声になった。

「箱には、油紙を掛けよ。濡らしてはならぬ品だ」

正紀が指示を出す。雨の荷運びのために、箱を包む油紙は余分に用意をしていた。

二人で一つを納屋から出して、荷船に運んで行く。前の通りに出たところから、荷は高岡藩のものとなる。

「水溜《みずた》まりがある、滑らぬように注意をいたせ」

青山が声をかけた。落とせばその箱の紙が濡れて、売り物にならなくなる。寒いから、体が硬くなる。皆の吐く息が白くなった。

源之助が藩士たちの様子を見ていると、すべての者が使命感に駆られて運んでいるわけではなさそうだった。いかにもやらされているといった気配の者もいた。正紀が傍《そば》に寄った。案じたのだろう。

　案の定、足を滑らせた。

「しっかりいたせ」

　体を支えてやって、泥濘《ぬかるみ》に落とすのを防いだ。その場所は、確かに泥濘が酷《ひど》かった。他にも足を滑らせそうになった者がいた。

　すると丸めた藁筵《わらむしろ》を抱えて、雨を割って走ってくる者がいた。洲永だった。何をするのかと、源之助は見つめた。

　洲永は泥濘の酷いところに立つと、藁筵を広げたのである。二枚分だった。

「ここを、お通りくだされ」

　次に運んできた者たちに告げた。

「おおっ」

　藁筵の上を進んだ。藁筵はすぐに泥にまみれたが、格段に歩きやすくなった。そういうことも考えに入れて、洲永は藁筵の用意をしていたのだと源之助は知った。

　二艘が、荷で満杯になった。

「行くぞ」

杉尾の声を合図に艪《ろ》の音が響いて、荷船は水面《みなも》を滑り出た。

「まさか襲う者はないでしょう」

源之助が正紀に言った。舟には杉尾と橋本が乗っていたが、正紀と青山も乗り込んだ。源之助と植村ら藩士たちは、後に続く舟に乗って船着場を出た。

河岸の道に、人の姿は少なかった。

二艘は西堀留川から大川《おおかわ》を経《へ》て竪川《たてかわ》に入った。荷船の間が離れると、薄暗いこともあって前の船影《ふなかげ》が見えにくくなった。

竪川から十間川《じつけん》に入り、中ほどに架《か》かる天神橋《てんじんばし》下の船着場に停まった。河岸道《かしみち》では、下屋敷詰めの高岡藩士たちが待ち受けていた。

「おおっ、参ったぞ」

声が上がった。待っていた藩士たちは、水溜まりを撥《は》ね散らして船着場に駆け寄った。

荷船から真っ先に飛び降りたのは、藁筵を抱えた洲永だった。下屋敷までの道を検め、泥濘《ぬかるみ》に敷いたのである。

一つ、また一つと木箱の荷は、屋敷内に運ばれる。藁筵が敷いてあっても、一同は足を取られぬように注意した。

屋根の下に運ばれた荷は、そこで油紙が外される。屋敷内の空き部屋へ納められた。これで輸送の者の役目は終わった。

「箱を、水溜まりに落とすことなく済みました」

数を検めた杉尾が、正紀に伝えた。それから杉尾と橋本は、日本橋南伝馬町三丁目の柏木屋まで荷を受け取ったことを伝えに行く。

納品は明後日《あさって》で、商いはそれで終了する。

「寒い中、ご苦労であった」

正紀が、ねぎらいの声をかけた。保科ら手伝いの藩士は、これで上屋敷へ戻した。

その頃になって、ようやく雨が止《や》んだ。

源之助も、一息ついた。

「泥濘《ぬかるみ》に荷を落とすのではないかと、ひやひやいたした」

植村が言った。


その夜正紀は、京の部屋へ行って、清三郎の様子を尋ねた。紙の輸送をしている間も、そのことが心のどこかにあった。

眠っている姿を見るだけでは、今朝と変わらない。

「今日は、飲んだ乳を戻しませんでした」

「それは何よりだ」

「ですが飲んだ量が、少なかったと存じます」

「そうか」

生まれて同じくらいのとき、孝姫は声を上げ、しきりに足をばたつかせた。清三郎にはそれがない。

小原紙の輸送が済んだことを伝えた。

「悪天候の中、皆はよくやりましたね」

藩士たちのことを口にした。

「柏木屋へも、無事に運べるとよいのですが」

京は続けた。杉尾と橋本は柏木屋へ行ったが、主人は外出していて会えなかった。受け取ったことだけ、伝えてきたそうな。

五

翌十五日は月次御礼《つきなみおんれい》で、正紀は登城した。上天気だったが、風は刺すように冷たかった。登城の行列では、霜柱《しもばしら》を踏む音が響いた。

城内に入ると、伺候席《しこうせき》には火鉢があって暖かい。ありがたかったが、家臣たちは暖の取りようがない外で待機をしている。

「それにしても、年の瀬となると物入りでござる」

「節約にも、限りがありますからな」

小大名のあらかたは、藩財政の厳しさを話題にしている。歳末がたいへんなのは、商家だけではない。大名家にも、支払いを求める商人がやって来る。

定信はしきりに質素倹約を謳《うた》うが、小藩ではそれではどうにもならなかった。御手伝普請など余分な出費のあった藩はなおさらだ。

ただ表立って定信ら幕閣を批判する者はいない。後で厄介な役目を負わされてはかなわないからだ。

「高岡藩は、見せしめになったようなものだ」

睦群は、そう漏らしたことがある。

廊下を歩いていると、嫌でも諸侯と顔を合わせる。相変わらず定信ら閣僚は、正紀の黙礼を無視した。

登城をし始めた当初は気になったが、今はまったく気にしない。尾張一門が嫌われるのは、仕方がないと受け取っていた。

たとえ一万石の小藩でも、押し潰されはしないぞと思っている。よかれと判断したことは、幕閣の方針とは合わなくてもおこなう。尻尾《しっぽ》は振らない。国替えと御手伝普請という二つの難問も、無事に乗り越えたぞという自負があった。

幕閣には気に入られなくても、しばらくは手を出せないだろう。それでよかった。

廊下で会った兄の睦群には、小原村の紙について、五十四両分仕入れたことを伝えた。

「小原紙か。あれはよい紙だ」

美濃は紙の産地で、今尾藩でも紙造りがおこなわれている。小原紙は天領の品だが、さすがに知っていた。

「苦しいところだからな、稼ぎたい気持ちは分かるぞ」

「はあ」

「ただうまい話には、えてして裏がある。気をつけろ」

と告げられた。確かにうまい話だ。実際に金子を手にするまでは、何があるか分からない。

そしてもう一つ、睦群の耳に入れておきたいことがあった。清三郎の件だ。小声になって伝えた。

「危ないのか」

「それが分からぬので」

「何事もなければよいがな」

「はい」

「万一のことがあれば、浦川あたりが妙な動きをするやもしれぬ」

それは厄介だ。向こうに都合のいい養子を押しつけられるのは迷惑だ。しかしやるとなれば、ごり押しも辞さない相手だ。

「念のためだ。尾張から名医をやろう」

「かたじけない」

前にも、寄こしてもらった。浜松藩からも寄こすと言われたが、やんわり断った。尾張からならば、安心だった。

京は、清三郎の容態《ようだい》に怖れを抱いている。今朝も疲れた顔をしていた。夜、よく眠れないのかもしれない。

清三郎ももちろん大事だが、京を案じる気持ちも正紀には大きかった。喜びも不安も分かち合いたい。京は清三郎の容態について、何もできないでいる己を責めている気配があった。

　そして次は、一門の高須藩主松平義裕《よしひろ》と会った。黙礼をすると、向こうから歩み寄って声をかけてきた。

「御手伝普請では、一苦労でしたな」

「まことに。やっとのことでした」

「まずは一息ついたにしても、金子のことでは、これからがたいへんでござろう」

　義裕は同情してくれた。定信派は冷ややかだが、尾張一門は皆好意的だった。

「さようで」

　高額の借金返済が待っている。藩士からの禄米の借り上げも、気持ちが重い。御手伝普請を経験した御家は、どこもたいへんなはずだった。

　正紀は見栄を張らず、正直に答えた。そして正紀は義裕に、小原紙を仕入れた話を簡単にした。

「ほう、そのような話が転がり込んできましたか」

　初めは驚いたが、すぐに案じ顔になった。

「大丈夫でござるか」

「はあ」

案ずる言葉をかけられたのは、意外だった。美濃の高須藩も、紙については藩での統制をおこなっている。睦群よりも詳しい様子だった。

「小原紙は笠松郡代が差配《さはい》するものの中に、それなりの在庫があると聞き申した」

「いつの話でしょうか」

「つい最近のことだが」

「出荷されているのでしょうか」

「名古屋《なごや》湊《みなと》に運ばれたと聞いたが」

ただその量までは分からない。日にちもはっきりしていなかった。小耳に挟んだといった程度の噂である。睦群は尾張藩の付家老の役目柄、幕閣や諸侯の動きには精通しているが、美濃の産物に関する事情にはさほど詳しくない。義裕の方が分かっているらしかった。

「さようで」

少しばかり驚いた。植垣屋では、しばらく入荷はないという話だった。とはいえ、買い入れた小原紙に支障が出るとは思われなかった。

「まあ、うまくなされよ」

励まされて、義裕とは別れた。

六

正紀が登城している間、城門の外では、家臣が当主の下城を待っている。炎天と風《ふう》雪《せつ》の厳しい日は辛《つら》い。今日は日差しがあるだけ、まだましだった。

源之助も植村ら一行と共に、腰を下ろして控えていた。風のせいか、唇《くちびる》が乾いた。土埃《つちぼこり》が舞ってくる。

下馬所《げばしょ》の近くには、家臣が登城した主君を待つための建物があった。供侍《ともまち》と呼ばれて、長さ六十間（約百八メートル）、奥行き六間（約十・八メートル）ほどの太い柱と土間の建物である。風を避けられるだけありがたかったが、ここは使用できる御家が限られた。

総登城の折は、御三家や老中、若年寄の従者以外は入れない。

中小の大名の家臣は、建物の外で槍《やり》を立て土の上に下座敷《げざしき》というものを敷いて座る。それでも冷気が込み上げる。中間《ちゆうげん》や小者《こもの》には、下座敷もない。

高岡藩士も建物の外で、正紀の下城を待った。

「晴れているからまだいいが、風が刺すように冷たいな」

「まったくだ。地べたから、冷気が染みてくるぞ」

そんな話し声が聞こえてきた。雨や雪の日はたいへんだ。ただ大事なお役目だから、苦情は大っぴらには口にできない。しかし愚痴《ぐち》めいた言葉は漏れた。

毎年のことだから、皆綿入れを身に着け、風除けの合羽を羽織《はお》っていた。それでも寒気が染みてくる。

「とはいえ戦《いくさ》となれば、寒暖のことなど言ってはおられぬぞ」

「戦など、ないではないか」

いろいろなことを喋《しゃべ》り合っている。中間などは、建物の裏手へ行って、小博奕《こばくち》をしている者もいた。寒空、待っているだけではやりきれない。

だがこの場は、各藩の家臣が集まっているから、情報を得るのにも適していた。近くに腰を下ろしていたら、他藩の者でも顔見知りになる。思いがけない異郷《いきょう》の話を聞けた。話の中から、藩の内情も窺えた。

「源之助様」

他藩の家中で、声をかけてきた者がいた。

「おお、そなたは」

高岡藩の篠田家から尾張藩士の染田家へ婿に入った、染田喜八郎だった。徳川宗睦の供として、待機をしていたのである。高岡藩の行列も来ていると考えて捜したのだそうな。

「お懐かしゅうございます」

染田は源之助よりも歳上だが、佐名木家の跡取りなので下手《したて》に出た言い方をしていた。婿入りにあたっては、江戸家老佐名木の力添えもあった。

「尾張藩士の家への婿入りか」

その縁談が家中に伝わったとき、驚きが広がった。羨《うらや》む者が、少なからずいた。染田は剣術もできたが、弁も立って、機転の利く者だった。

「そなたも、達者のようで何より」

「まあ、いろいろございまするが」

慣れないこともあるから、新参者としての日々はたいへんなのかもしれなかった。しきたりが異なれば、それに従わなければならない。

「諸事、気を使うであろう」

横にいた植村が言った。外様だと罵《ののし》られたことがある植村は、察しがつくらしい。尾張藩から高岡藩へ移った洲永も、高岡藩で受け入れられようと尽力している。

「御手伝普請の難題も、無事に乗り越えられたようで」

この話は、広く伝わっていた。気になっていたようだ。高岡藩には、親しくしていた知人や縁者がいる。

用があるわけではない。ただ少しばかりならば話ができるから、わざわざやって来たのだ。下城を待つ場所は、藩ごとに定められている。

「まあそうだが、後がたいへんでござる」

「さようでございましょう」

染田は、高岡藩の苦境が分かる。源之助は軽い気持ちで、小原紙を買い入れたことを伝えた。

「ほう。小原紙でございますか」

少しばかり驚いた顔になった。

「何か、気になることでも」

染田は馬廻《うままわ》り役だが、国許からの荷を受け取ったり発送したりする荷物方《にもつかた》に縁者があるとした上で答えた。

「小原紙は藩でも扱っておりまするが、百束《ひゃくそく》ほどを積んだ菱垣廻船が、名古屋湊を出たと聞きました」

「ほう」

それは初耳だ。

「いつのことでござろうか」

植村が、慎重な眼差しになって問いかけた。

「つい二、三日前に、国許から到着した藩士が話していたとか」

「扱ったのは、植垣屋であろうか」

「そこまでは、存じませぬが」

染田にしたら、小耳に挟んだといった程度のことだろう。

「では、よいお年を」

長話はできないから、それで染田は立ち去っていった。まだ話をしていたそうだが、そうもいかないのだろう。

「もし小原紙が到着したならば、その値は下がるのでは」

染田の言葉が気になったらしい植村が言った。

「そうですね。しかし当家では、買い取り先が決まっています」

源之助は返した。引き渡しは、明日には完了する段取りだ。植垣屋は、その件については何も言っていなかったが、取引に関わりがないという判断だと受け取っていた。

強い北風が、下馬所のある広場を吹き抜けた。

「熱燗《あつかん》でも引っかけたいところだ」

藩士の誰かが言った。

何事もなければ、老中や若年寄は昼四つ（午前十時頃）に登城し、八つ頃（午後二時頃）に退出した。これを『四つ上がりの八つ下がり』といった。正紀が下城してきたのは、八つ半（午後三時頃）過ぎだった。

顔を見て、家臣たちはほっとする。

七

下城して高岡藩上屋敷に戻った正紀のもとへ、佐名木と算盤を手にした井尻が姿を見せた。小原紙で得られる利益十六両の使い道について、素案を持ってきたのである。

手に入るのは八十一両だが、金主となった桜井屋には六十五両の返済をしなくてはならない。

「気が早いぞ」

正紀は告げた。引き渡しは明日で、日本橋南伝馬町三丁目の地本問屋柏木屋まで四十五束を運ばなくてはならなかった。書状での約定は交わしていないが、引き渡した時点で代金を受け取り、それで売買は完了する。

「いえいえ、年の瀬となっておりまする。支払いや返済に充《あ》てなくてはなりませぬ」

井尻は、当然といった顔で告げた。

「それはそうだが」

諸色《しょしき》の支払いだけでなく、借金については、元金を少しでも減らさなくてはならない。

「十六両など、焼け石に水でございます」

「江戸や国許の者たちに、餅を正月に食べさせることはできぬか」

これは話があったときから、ずっと頭にあった。

「それをすると、借金の元金が減りませせぬ」

きっぱりとした井尻の口調だ。こういうときの井尻は、容赦のない物言いをする。

「そうか」

事情が分からないわけではないから、受け入れざるを得なかった。佐名木も頷いている。

「年が明けましたら、新たな手立てをお考えくださいませ。餅は食わなくても死にはいたしませせぬ」

ないという話だった。

「さすれば来年は、餅が配れましょう」

井尻にしても、本音は餅くらい配りたいのだ。ただそれができるゆとりは、藩には

何ができるかは、すでに思案を始めている。とはいえ目当ては、まだない。

「そうだな」

井尻が引き上げたところで、正紀は青山と杉尾、橋本を呼んだ。明日の小原紙の輸送について、打ち合わせをしなくてはならない。

「すでに荷船の手配は、済ませておりまする」

十間川から竪川、大川を経て八丁堀《はっちょうぼり》から京橋川へ入る。荷車の用意も済んでいると、青山が報告をした。尾張藩の荷船を借りられるのは大きい。要員の割り当ても済ませた。

「明日を迎えるばかりでございます」

「それは重畳《ちょうじょう》」

正紀は安堵《あんど》したが、そこへ柏木屋の番頭加兵衛が現れたとの知らせが入った。

「何事でございましょう」

杉尾が首を傾《かし》げた。わざわざ加兵衛がやって来る用事はない。

「明日の打ち合わせか」

「それならば、済んでおりますが」

ともあれ青山と杉尾が会うことにした。加兵衛は白絹二反を、手土産に持参してきていた。商談にそれは珍しい。

正紀は、襖を隔《へだ》てた隣室で、話を聞く。

「いかがいたした」

挨拶を済ませた加兵衛に杉尾が問いかけた。

「さればでございます。小原紙四十五束の話でございますが、なかったことにしていただきます」

はっきりした口調だった。それを告げるために、やって来たのである。都合を訊《き》いたのではなかった。

「どういうことか」

驚きを抑えた声で、青山が問いかけた。正紀も耳を疑った。高岡藩にしたら、とんでもない申し出だった。

「小原紙が、安価で仕入れられることになりました」

「何だと」

いかにも腹を立てたという、青山の口ぶりだ。

「一枚にしたならばわずかではございますが、四十五束でございます。合わせれば、大きな額になります」

錦絵《にしきえ》は、一枚売れていくらの利益になると続けた。同じ紙ならば、安く仕入れるのが商いだという言い分だ。

「しかし、言い交わした約定がある」

と踏み込んだのは杉尾だった。

「明日の搬入まで、決まっているぞ」

と言い足した。けれども加兵衛は、動じる気配を見せなかった。

「さようでございます。ですがそれは、文書でなされたものではございませんでした」

「…………」

「口約束でございます。それは、変更が利くという意味でのお話でございました」

聞いていた正紀は、口中に苦いものが込み上げてくるのを感じた。柏木屋と話をつけた段階では、高岡藩では五十四両の都合がつけられていなかった。だから変更が利くようにと、口約束で済ませたのである。

「その折のお話では、現物を受け取り、お支払いをしたところで、商いが成り立つということでございました」

「ううむ」

青山は呻《うめ》き声を上げた。

「しかしこちらでは、荷船の用意までしたのだぞ」

杉尾が押した。「そうか」と、簡単に終わらせるわけにはいかない。

「それゆえに、わざわざお詫《わ》びに上がった次第でございます」

衣擦《きぬず》れの音がして、加兵衛は頭を下げたらしかった。

「では、半分でもどうか」

柏木屋は、商いをするつもりはないと告げていた。しかも理屈は通っている。青山はどうにもならないと判断して、妥協案を出したつもりらしかった。

「当家でも、同じ値にするぞ」

と続けたのは杉尾だ。けれども加兵衛は、きっぱりとした口調で返した。

「できません。これもお約束の上でのことでございます」

そこで杉尾が問いかけた。

「いったい安く卸《おろ》すとは、どこの店なのか」

これは正紀も聞いておきたかった。

「それについては、申し上げられません。お許しくださいませ」

また衣擦れの音がした。加兵衛はそれで、引き上げていった。青山と杉尾は、すぐには身動きができない模様だった。

「おのれっ」

正紀は膝の上の掌《てのひら》を握りしめた。行き場のない四十五束の小原紙が、高岡藩下屋敷に残された。年内には、桜井屋へ六十五両の返済をしなくてはならない。

小原紙は儲けるどころか、高岡藩の新たな難題になった。

第三章　地本問屋

一

正紀は、早速青山と杉尾だけでなく、佐名木と井尻、源之助と植村、橋本を御座所に呼んで柏木屋とのやり取りの詳細を伝えた。

「な、何と」

誰よりも動揺したのは、井尻だった。顔が蒼白《そうはく》になっている。手に入るはずの十六両が、一瞬にして消えた気持ちなのだろう。いやそれだけではない。桜井屋への返済問題がある。

年が明ければ、六十五両の返済だけでなく、さらなる利息がかかる。

「当家には、逆さに振っても小判は一枚も出てきませぬ」

悲鳴のような井尻の声だが、それは居合わせた者すべてが分かっていることだった。

すぐには誰も声を出せない。

「いま一度、柏木屋へ掛け合ってみたいと存じます」

やっと口にしたのは、橋本だった。

「無駄であろう」

佐名木が返した。

加兵衛は単身で武家屋敷へやって来た。言いにくいことを告げに来たのである。相手は武家だから、向こうにしたらどのような反応があるか見えない。堂々とした物言いに感じたが、覚悟を決めてやって来たのだと察せられた。ならば今から何を言っても、通じるとは思えなかった。正紀も同感だった。

「では、どうしたらよろしいので」

橋本は半べその声だ。氷雨《ひさめ》の中で、細心の注意を払って荷運びをしたのである。

「四十五束《しじゅうごそく》の小原紙《おばらがみ》を抱えて、年を越すわけにはまいるまい」

「売るしかありませぬな」

佐名木の言葉に返したのは、植村だった。

「まさしく。しかしどこへ話を持ってゆくか、考えねばならぬ」

「さようでございますが、急がねばなりません」

正紀の言葉に続けたのは、井尻だった。藩財政の逼迫《ひっぱく》を救う一助となるはずの小原紙は、藩のお荷物になった。

「何であれ、買い手を探すしかないと存じます」

源之助の言葉に、一同は頷いた。

とはいえどこへ売るかの、手立てが浮かばない。やっとのことで探し出した地本問《じほんど》屋《い》だった。

「地本問屋は、柏木屋だけではありませぬ」

「他の業種にも、紙を必要とする者はありましょう」

己を励ますように青山と杉尾が声を上げた。


「ええっ」

井尻から小原紙に関する話を聞いた洲永は、驚愕《きょうがく》した。柏木屋の番頭が現れたという話を聞いて、何事かと気になっていたのである。小原紙に関することだとは分かっていた。

「ま、まさか」

「このままでは、六十五両の借財が増えただけになる」

井尻の一言で、洲永は血の気が引いたのが分かった。背筋が震えた。

はっきりとは口にしないが、その損失を拵《こしら》えたのは自分だと洲永は考えている。そう井尻は思った。

江戸に小原紙の入荷があるという話は耳にしていたが、まさかそれが、柏木屋との売買に関わるとは予想もしていなかった。口約束とはいえ、売買は成立したと思っていた。

藩のためにと考えてしたことだが、結果として正反対のことになった。このままではいられない。

洲永が一人になったときに胸に湧《わ》いたのは、植垣屋に対する怒りだった。

十二月になって間もない頃、屋敷を出たところで植垣屋の番頭猪吉に声をかけられた。

「こんなところで、彦十郎様と」

偶然会ったという物言いだったが、今になって考えると、そうではなかったのかもしれない。

猪吉とは、名古屋城下で知り合った。尾張藩材木方の下奉行だった実父大越平兵衛との関わりである。江戸へ出てきていたことは知っていたが、会うこともないままに過ごしていた。

　旧知の者だったから、再会したときには警戒をしなかった。

　洲永の江戸へ出てからの暮らしぶりを、佐治兵衛と猪吉は頷きながら聞いてくれた。高岡藩が御手伝普請のために、多額の出費があったことを知っていた。

「何とかお役に立ちたいが」

　己の気持ちとして、洲永は伝えた。同郷の者との会話は楽しくて気が緩《ゆる》んだ。聞いた猪吉は、やや考えるふうを見せてから、小原紙の話をしたのである。

「藩に負担になることはありません。必ず儲かります」

　小原紙が上質の紙だということは分かっていた。十文は安値だった。

「他に入荷があれば、高くは売れぬのでは」

　念のために言ってみた。入荷が多くて求める者が少なければ、値はさらに下がる。

「そのような話は、ありません」

　猪吉は返した。その言葉があったから、洲永は井尻に話したのだ。ここへきての二、三十両の臨時の実入りは大きい。

　話はとんとん拍子《びょうし》に進んだが、とんでもないことになった。

「許せぬ」

という気持ちだった。入荷はないとした言葉が、謀《たばか》りだったことになる。じっとしてはいられない。

「植垣屋へ行ってまいります」

「待て」

井尻の言葉が背後から聞こえたが、身の内で渦巻《うずま》く怒りは収まらない。屋敷を飛び出すと、日本橋小舟町二丁目の植垣屋へ向かって駆けた。

ぶつかりそうになる人を避けた。

「猪吉はいるか」

敷居を跨《また》いだ洲永は、声を荒らげて言った。店の中を見回した。近くにいた小僧が、驚きと恐怖の目を向けてきた。

「どういたしました」

帳場にいた猪吉は、落ち着いた様子で問いかけてきた。

「その方《ほう》、謀《たばか》りをいたしたな」

怒りをぶつけた。

「何をおっしゃいますやら」

それでも猪吉は落ち着いている。口元には笑みさえ浮かべている。洲永の気迫には動じない。それがかえって怒りを煽《あお》った。

「小原紙の江戸入荷はないと申した。だからそれがしは、上役に話をしたのだ」

「それが何か」

「とぼけるな。新たな入荷があるというではないか。すでに名古屋の湊を出たことは、分かっているぞ」

「………」

「それを、柏木屋に卸そうとしたであろう」

洲永は一気に言った。新たに入津《にゅうしん》した小原紙が、植垣屋から柏木屋へ卸されたとは確認していない。しかしそれは間違いないと思っていた。

「はて、困りました」

猪吉はそこで、ため息を一つついた。そして少しばかり間を置いてから、言葉を続けた。

「小原紙が名古屋湊を出たことは、耳にいたしました。ですがそれは、井上様への荷をお渡しした後でございます。商いは、済んだ後でございます」

その後のことは、関わりがないと告げていた。

「存じていたのではないのか」

「とんでもございません。知っていたら、お伝えをいたしました」

怯《ひる》む気配は微塵《みじん》も感じさせなかった。紙を手に入れ、柏木屋へ卸したことについては触れなかった。

「お、おのれっ」

猪吉は、己にはまったく瑕疵《かし》がないといった口ぶりである。まるで子どもだましのような言い訳だと洲永は思った。

湧き上がる怒りが、収まらない。落ち着き払った猪吉の態度や物言いが、さらにそれを煽っていた。

このままでは、屋敷へ帰れない。ついに腰の刀に、手を触れさせてしまった。

「何をなさいまする」

猪吉が叫んだ。しかしそれでは、荒ぶった胸中は収まらない。

二

廊下を歩いていた植村は、勘定方の部屋から激昂《げきこう》した声が聞こえて立ち止まった。

そして飛び出してきた洲永とぶつかりそうになって、慌《あわ》てて避けた。

逆上している様子の洲永は、植村に気がつかない。そのまま走って、玄関へ向かった。

「そうか」

柏木屋との売買が壊れた話を耳にしたのだと察した。藩のためによかれと思ってしたことが、逆に藩を追いつめる形になった。他藩から来た新参者という立場もある。じっとしていられない気持ちになったのは明らかだった。

「どこへ行くのか」

ただならぬ気配だ。植村は後を追いかけることにした。とんでもないことをしでかすかもしれない。

玄関から門の外に出ると、もうそこには洲永の姿はなかった。下谷広小路のほうに目をやり、それから神田《かんだ》川方面に目を向けた。

「ああ、素早いやつだな」

神田川方面に、走って行く洲永の後ろ姿が見えた。植村はそちらに走った。けれども巨漢の植村は、足が遅かった。どんどん離された。

追いつけないうちに見逃してしまった。とはいえ、放ってはおけない。

自分も外様だと言われた。正紀や佐名木、源之助らはよくしてくれたが、そういう者たちばかりではなかった。それは仕方がないが、悔しい思いはした。

洲永の気持ちがよく分かった。

見失って立ち尽くしていると、辻番《つじばん》小屋が目に入った。前まで行って番人に尋ねた。

「小柄な侍が、今しがた走ってこなかったか」

「ええ、走って行きましたよ。よほど急いでいたようで。あちらの方です」

指差しをされた方へ、植村も走った。さらに二人に尋ねて、神田川に架かる和泉《いずみ》橋の袂《たもと》までやって来た。走るのは得意ではないから、息切れがした。

町家が並んでいて、横道もある。

「さあ、走ってゆくお侍様ねえ」

尋ねても、知らない者ばかりになった。そうなると、追いかけようがない。何をしでかすか分からないから、気持ちが急《せ》いた。

「やつは、どこへ行ったのか」

冷静に考えてみると、向かう先は二つしか浮かばなかった。柏木屋か植垣屋だ。洲永の怒りの様子から、おそらくは小舟町の植垣屋だと察せられた。そちらへ向かった。

店の前に立つと、洲永の声が聞こえた。

「やはりここだったな」

植村は店には入らず、表から中の様子を窺《うかが》った。

洲永は興奮していた。声が大きいので、よく聞こえた。

やり取りに耳を傾《かたむ》けた。相手をする猪吉の方が落ち着いていて、口にしていることは間違っていなかった。苦情を告げに来ることを想定して答えている。買い入れるにあたっては、文書による約定《やくじょう》も取り交わしていた。

商取引として不備はなく、すでに完了している。

しかし騙《だま》されたと感じている洲永は、気持ちが治まらないという話だ。ついに腰の刀に手を掛けた。

「何をなさいまする」

猪吉が叫んだ。さすがに驚いたらしい。植村はここで、植垣屋の店の中に飛び込んだ。

「落ち着け。抜いてはならぬ」

洲永の体を押さえつけようとした。小柄でも、なかなか力はあった。

「離してくだされ」

抗《あらが》う体を、そのまま抱え込んだ。膂力《りょりょく》では、植村にはかなわない。洲永は刀を抜こうとしたが抜けなかった。そのまま店の外へ連れ出した。

「落ち着け」

土手に出て、興奮が収まるのを待った。

「刀を抜けば、ただでは済まぬぞ」

「しかしこのままでは、面目《めんぼく》が」

必死の声だ。屋敷には戻れない気持ちなのだろう。

「うむ。新参者は、いろいろ言われるからな」

力は緩めずに植村は告げた。さらに続けた。

「拙者もしくじったときは、外様だからだと責められた」

そう伝えると、「えっ」と呟《つぶや》いて顔を向けた。そこで押さえているのが植村だと気づいたらしい。植村が生粋《きっすい》の高岡藩士でないことは、知っているはずだった。

洲永の体から押し返そうとする力が消えた。

「拙者は、どうすればよいのでしょう」

息遣《いきづか》いが荒い。洟《はな》を啜《すす》った。

「下屋敷にある小原紙を、どう金に換えればよいかを考えればよいのではないか」

植垣屋には、何を言っても変わらないと告げた。

「はあ」

「このままでは、そこもとがしたことが無駄になる。それでよいのか」

「………」

「小原紙について、当家は梯子《はしご》を外された形だが、ここまでくるにあたって誰も気づくことができなかった。貴公一人の責ではあるまい」

「しかし」

「柏木屋よりも高く売れれば、苦情を口にする者はいなくなる」

その場しのぎの言葉だとは思ったが、植村はそう伝えた。

「屋敷へ戻るぞ」

植村が歩き始めると、洲永も後ろからついて来た。

三

翌日、橋本は杉尾と共に、小原紙の買い手を探すために町へ出ることにした。見本が必要なので、亀戸の高岡藩下屋敷へ足を向けた。

荷は木箱のまま、屋敷内の空き部屋へ納められている。ここへ運び込んだ日には、霙《みぞれ》交《ま》じりの氷雨が降っていた。その日のことが、ずいぶん前のことのように感じられた。

「すっかり、当てが外れたな」

「まことに。植垣屋は、初めからこちらを嵌《は》めるつもりだったのでしょう」

「洲永を利用してということだな」

「そうです」

確証はない。橋本は胸にあった思いを口にしただけだったが、杉尾は否定をしなかった。

二人は古い長屋門を潜《くぐ》って屋敷内に入った。敷地は、下屋敷のほうが広い。

荷は屋敷内の空き部屋に、油紙だけは外された状態で、置いたままになっていた。

橋本が、一番上にあった箱を下ろしてかけられた縄を外した。

蓋《ふた》を開けて、息を呑んだ。

「こ、これは」

杉尾が声を上げた。真っ白だった紙に、薄く黄色味を帯《お》びた染みが出来ていた。運び出すときには、このようなものは一枚もなかった。

「水が、漏れたのですね」

橋本は紙面に手を当ててみた。濡れているとは感じないが、前とは明らかに異なる手触りだった。微妙に毛羽立《けばだ》っている。

「運ぶ折に、油紙を掛けたはずだが」

「掛け方が甘かったのかもしれません。どこかから染み込んだのでしょう」

そうでなければ、このような染みが出来るはずがなかった。

橋本は紙をめくってゆく。染みは合わせて六帖分程度まで出来ていた。それは取り外して別にした。

「後は、大丈夫そうです」

「問題は、これで済むかだな」

他の箱の蓋を開けた。一つで済むはずがないと思っている。

「ああ、ここにも出来ているぞ」

杉尾が声を上げた。同じような染みが、前のよりも大きく出来ていた。早速検《あらた》めてゆく。

この箱には、十一帖分に染みが出来ていた。

「こちらの方が、多いのか」

嫌な気分だった。濡れ紙となれば、売りにくいだろう。

次々に検めてゆく。

「ここにはないぞ」

下の方に置かれていた箱に納められていたものだ。すべての箱を検めると、四束と七帖分に染みが出来ていた。

「ずいぶんありますね」

「まったくだ」

「使い物にならないのでしょうか」

「いや、そのようなことはないであろうが、一枚十文では売れぬぞ」

外した紙の山に目をやりながら、杉尾は言った。

「ともかくこれは、殿に伝えねばならぬ」

急ぎ上屋敷へ戻ることにした。


正紀は佐名木と井尻の三人で、年末の藩の金の使い方について打ち合わせをしていた。見込んでいた十六両が入らないとなると、使い方が変わってくる。

井尻の眉根《まゆね》に、皺が寄っていた。

「しかし小原紙は、まだ金子に換えることはできるぞ」

佐名木が言った。一枚十五文以上で売ることも、できるかもしれない。

そこへ杉尾と橋本が、慌てた様子で戻ってきた。

「何事だ」

井尻が苛立った声を出した。嫌な予感がしたのだろう。

「これをご覧くださいませ」

杉尾が、染みのついた紙を差し出した。小原紙なのは、言われなくても分かった。

「雨の輸送でついたものだな」

身を乗り出して見ていた佐名木が言った。あの日は極めつけに寒かった。運んだ者たちは、早く済ませたいという気持ちが先に立って慎重さを欠いたのだと正紀は思った。

「とんでもないことが、さらに起きましたな。すべての紙が、こうなったのか」

井尻が続けた。顔が蒼《あお》ざめている。後半は、杉尾に尋ねていた。

「いえ、そうではありません」

しめて四束と七帖分だと伝えた。

「それでも大きいぞ。売りにくくなる」

井尻は苦々しい顔のままだ。

「ははっ」

「油紙を使っても、箱が濡れることはある。最後に検めなかったのは、その方《ほう》らの責ではないか」

井尻は厳しかった。さらに損害が増えることになった。それが腹立たしいのだろう。

「まことに」

杉尾と橋本は頭を下げた。

「しかしこれはこれで、売れるであろう。何としても売らねばなるまい」

正紀が言った。

「染みのついたものを含めて、紙を使う商いを当たってみます」

杉尾と橋本は、部屋から出ていった。井尻が、肩を落とした。またしても、算盤のやり直しになった。

その後、正紀は奥の京の部屋へ行った。清三郎は、今日も微熱があり乳の飲み具合が悪かった。睦群の手配で、尾張藩の藩医が姿を見せていた。

診察の結果を聞こうと考えたのである。

京も硬い表情で、診察をした藩医と向かい合った。四十代半ばの、長崎《ながさき》帰りの医者だと聞いていた。

「風邪《かぜ》ではございませぬな」

藩医は神妙な顔で言った。これは高岡藩の藩医の辻村も言っていた。

「では、何であろうか」

「胃《い》の腑《ふ》に、何か障《さわ》りがあるのやもしれませぬ」

「赤子のうちからか」

「いや、赤子だからこそかと存じます」

そう告げられると、返答ができなかった。

「どうしたら、よいのであろうか」

掠《かす》れた声で、京が問いかけた。乳しか、飲ませられない赤子だ。薬湯《やくとう》というわけにはいかないだろう。

「しばらくは、お腹を温めて差し上げては」

医者は少し考えてから、そう答えた。適切な処置が、浮かばないのかもしれなかった。

不安はあるが、それは顔には出さない。弱ってきている京を、支えなくてはならなかった。

四

小原紙の一件は、高岡藩江戸藩邸では一同が期待をしていた。国許にも伝えられている。わずかでも得られるのはありがたいという返信が、届いたばかりだった。悲惨な財政状況の中での、唯一の期待といってよかった。

「洲永は新参者ではありながら、なかなかやるではないか」

「うむ。頼もしいやつだ」

評価が上がった。保科や西門のように腹に不満を持つ者も、表立っては批判ができなくなっていた。

しかし柏木屋が買い取りの反故《ほご》を伝えてきたことは、瞬《また》く間に藩邸内に伝わった。

「何だ。ぬか喜びをさせおって」

「かえって借金を増やしたようなものではないか」

失望が、不満や怒りを大きくさせた。その矛先《ほこさき》が向かったのが、正紀や佐名木、井尻といった重臣ではなく、話を持ってきた洲永だった。

「やはり外様など、当てにならぬ」

「口先だけの者だ」

源之助は廊下などで、藩士たちの不満の声を耳にした。そして植村から、洲永が植垣屋へ乗り込んだ話を聞いた。

「刀を抜こうとしたのは、気持ちの収まりがつかなかったからですね」

話を聞いた源之助が言った。

「洲永は己がしくじりをしたと考えているようです」

期待が大きかった分だけ、己を責める気持ちが強いのだと察せられた。

「癇気《かんき》が強いのかもしれませぬ」

そして下屋敷に運び込まれた小原紙の中に、濡れ紙があったことも、瞬く間に藩邸内に広まった。

「運ぶ折に手を抜いた者が、いるということか」

家中に、苛立ちの気が漲《みなぎ》っている。

「何事もなければよいが」

植村が、案じ顔で言った。年が明けても、正月らしい元日を迎えることはできない。その鬱屈《うっくつ》が、家中の者たちの胸の奥にあった。

夕刻、勘定方の役目が済んだ藩士たちは執務部屋を出ていった。源之助は洲永のことが気になって、その様子を離れたところから見ていた。

同役の者たちは、洲永には話しかけない。責めもしないが、声もかけない。冷ややかな空気があった。直《じか》に責められるのは辛かろうが、冷ややかな眼差しだけを受けて、相手にされないのは苦しいだろう。

母屋《おもや》から出た洲永は、お長屋へ向かう路地へ出た。そこに姿を見せたのが、保科五郎太と西門松之助だった。洲永の行く手を遮《さえぎ》るように立った。避けて通ろうとしたが、阻《はば》むべく立ち塞《ふさ》がった。

源之助は、やや離れたところからその様子を窺《うかが》った。

「その方《ほう》のせいで、藩は大きな損害を被《こうむ》った」

「そうだ、どうするつもりだ」

保科と西門は、粘りつくような物言いをしていた。絡むつもりで、待ち伏せをしていたのだ。

「まんまと、騙されおって」

「当家に、災《わざわ》いをもたらすために婿に入ったのか」

とまで口にした。

「ううむ」

言い返したいのだろうが、言葉が出ない。洲永の背筋がぶるっと震えたのが、源之助には分かった。

「おまけに下屋敷に運ばれた紙は、水に濡れて使い物にならなくなったというではないか」

「そうだ。その方、責を負えるのか」

保科と西門は、言いたい放題だった。言い返せないと踏んで絡んでいる。

源之助は、はらはらした。洲永が脇差《わきざし》を抜いてしまうのではないかと思ったからだ。

「それだけは止めねば」

と身構えた。藩邸内のいざこざで刀を抜けば、洲永家は断絶となる。しかし洲永は、刀に手を添えなかった。植垣屋でのことが、頭にあるのかもしれない。

ただ言い返した。

「紙が濡れたのは、貴公らの運び方が悪かったからではござらぬか」

絞《しぼ》り出すような声だった。胸にあった思いなのかもしれない。

「何だと」

口にした保科には、意外な反撃に対する驚きの気配が窺えた。

「たわけたことを申すな」

西門が続けた。憤怒《ふんぬ》の物言いになっている。今にも殴りかかりそうだが、洲永は怯《ひる》まない。

「あの日そこもとらは、二人で組んで紙の入った木箱を運んだ」

「それがどうした」

「不満だったのでござろう。雨の中、油紙がずれてもそのままにしていた。さっさと運んでしまえといった様子だった」

「言いがかりをつける気か」

「そうだ。いい加減なことを申すな。証拠があるのか」

保科が、一歩前に踏み出した。手を伸ばせば、洲永に届く距離だ。

「それがしは、見ていた」

洲永は返した。興奮している保科たちに対して、淡々《たんたん》と口にしている。

「見ていて、そのままにしたのか」

「いや、後でその箱を拭《ふ》いた」

「ならばよいではないか」

いい加減に運んだことを、認めたような言い方だった。

「しかし他の箱は見ていなかった」

「ではわしらは、すべていい加減に運んだと言うのか」

「濡れ紙は、注意を払って運べば出なかった。同じように運んでも、まったく濡れなかった木箱はいくつもあった」

「おのれ」

洲永の反応に、保科の怒りは頂点に達したらしかった。

「言わせておけば」

西門も続けた。

「そもそも、きさまが余計な話を持ってこなければ、このような仕儀《しぎ》には至らなかった」

「まったくだ。その方、どう責を取るつもりだ」

二人は、洲永に迫った。洲永は、それには言い返さなかった。

「覚悟がござる」

やや間を置いて答えた。

「ほう。どのような覚悟だ」

保科が、顔を近づけた。源之助には、洲永の次の言葉の見当がついた。その言葉が発せられる前に、間に入った。

「もう、これでよかろう」

洲永に目を向け、それから保科と西門を睨《にら》みつけた。己の不満や恨みを向けているだけだと思ったからだ。

「ううっ」

源之助が現れたことに、保科と西門は驚いた様子だった。向こうはどちらも部屋住みで、近習役の源之助は江戸家老の嫡男だ。逆らうことはできない。

とはいえ、不満そうな眼差しを向けた。

「藩で決め、なしたことだ。洲永一人を責めるのは、筋違いであろう」

「しかし」

「残された小原紙は、濡れたものも含めて売ればよいではないか」

源之助が決めつけるように言うと、保科と西門は口を噤《つぐ》んだ。

五

保科と西門が、路地から立ち去った。洲永は源之助に黙礼をすると、お長屋の方へ歩いて行く。源之助の頭の中には、今しがた「覚悟」と告げた洲永の言葉が残っていた。

　保科らとの悶着《もんちゃく》は済んだが、まだ終わっていない気がした。

　日が落ちて吹き抜ける風は冷たいが、体の芯《しん》には熱がある。源之助はつけて行った。洲永は、自分のお長屋の住まいの前に立った。どこからか、女や子どもの話し声が聞こえる。

　炊飯《すいはん》のにおいがした。

　洲永は戸に手を掛けようとしたが、その手を引いた。微《かす》かに震えているように、源之助には見えた。

　少しの間立っていたが、洲永はお長屋の裏手へ回った。人気《ひとけ》のない、薪炭《しんたん》小屋のあるあたりだ。月明かりが、洲永の体を照らしている。

　腰から鞘《さや》ごと脇差を抜いて、地べたの上に正座をした。背筋を伸ばし、少しの間動かない。瞑想《めいそう》にふけっているようにも感じた。

　そして脇差を引き抜いた。

　腹を切ろうとしているのは明白だった。源之助は急いで傍《そば》へ寄った。

「おやめなされ」

声をかけた。振り向いた洲永の目に、涙の膜が出来ているのが、月明かりの中でも分かった。

「止めてくださるな」

懇願《こんがん》する言い方だった。こちらの返事を聞く様子もないまま、取り出した手拭《てぬぐ》いで刀身を巻いた。決意は固いらしい。

切っ先を腹に突き刺そうとする右腕を、源之助は両手で摑《つか》んだ。洲永の腕には、力がこもっていた。

「お離しくだされ」

「できぬ。無駄に死なせるわけにはいかぬ」

「無駄ではござらぬ。けじめでござる」

「馬鹿な」

源之助は、乱暴に脇差を奪い取った。

「ううっ」

洲永は、呻《うめ》き声を上げた。それが嗚咽《おえつ》になった。肩を震わせている。

「登茂殿は、望まぬことであろう」

源之助は続けた。

「いや。それがしの気持ち、分かるでござろう」

「分かったところでどうなる。悲しませるだけであろうが」

「それだけではござらぬ。家中の思いもござる」

「そなたが腹を切ることを望むと考えるのか」

「けじめはつきまする」

「下屋敷に残った小原紙の方が片付かねば、けじめがついたことにはなるまい。そなたが腹を切れば、小原紙は金子に変わるのか」

きつい言い方をした。

「ううっ」

洲永は体を震わせた。

「まずは、他の手立てを考えようではないか。腹を切るのは、その後でもよかろう」

脇差を鞘に納めて、立ち上がらせた。洲永は無念の面持《おもも》ちを隠せない。このままにはしておけないので、母屋内の一室に入れた。脇差は返さないままだ。

そしてあったことを、父親の源三郎に伝えた。

「なるほど。洲永は、腹を切ろうとしたわけか」

佐名木から事情を聞いた正紀は、御座所に洲永を呼ぶことにした。佐名木も同席し、源之助が洲永を連れてきた。

やって来た洲永は、平伏《へいふく》した。何か言おうとしたが、言葉にならなかった。

「源之助から、事情を聞いたぞ」

「ははっ」

やっと声を出した。

「腹を切ることは許さぬ」

「しかし、ご奉公が、かないませなんだ」

掠れた声が、聞き取りにくい。

「なぜ決めつける」

正紀は、強い口調で問《と》い質《ただ》した。

「藩に、大きな損失を」

「まだ出してはおらぬ」

遮《さえぎ》るように口にした。これから小原紙を売ればいいと、正紀は付け足した。

「しかし濡れ紙も出ておりまする」

「それは、別にして売ればよい。売り方はあるはずだ」

そして佐名木も、口を出した。

「奉公は、死んでなすものではない。生きてするものだ」

優しくはない。ぴしゃりとした言い方だった。

「高岡藩士の、かけがえのない命を粗末に扱うな」

「ああっ」

洲永の体が、目で見て分かるほどに震えた。

一日の役目を終えた植村は、お長屋へ帰ろうとしていた。作事場《さくじば》の前を通ったところで、侍の話し声が聞こえて立ち止まった。

薄闇の中に、四人の姿が見えた。抑《おさ》えた声ではあったが、周りが静かなので耳に入った。

「あやつのしくじりが、藩の内証《ないしょう》を苦しくしたことは間違いない」

「いかにもその通りだ。殿やご重役がお許しになっても、それで済むものではないぞ」

保科と西門の声だと分かった。二人は洲永に対して、抑えきれない腹立ちを抱えているらしかった。

植村は聞き耳を立てた。

「洲永のやつ、腹を切ろうとしたそうだ」

「しかしな、止められたらしい」

「ほう」

「殿やご家老の耳にも入ったというぞ」

「そこで禁じられたわけか」

忌々《いまいま》し気な口ぶりに聞こえた。

「止められるのを待って、腹を切ろうとしたのではないか」

誰かが言うと、小さな笑い声が起こった。

「運のよいやつだ」

「あやつが腹を切れば、婿の口はその方《ほう》に回ったに違いないぞ」

「惜しいことをしたな」

そう口にした者もいた。からかっている。

「しかし紙は、売れるのか」

「さあ。青山様の廻漕河岸場方で卸先《おろしさき》を探すようだが」

「売れ残れば、大きな藩の損失になるぞ」

　このあたりは、真剣な口ぶりになっていた。洲永の処遇とは別に、藩財政がどうなるか気にしている者は少なくない。

「うむ。そうなったら、洲永はただでは済まぬのではないか」

「ならばそれも、面白いぞ」

「おい、めったなことを口にするな。誰かに聞かれると面倒だぞ」

　それで四人の侍たちは、それぞれのお長屋へ引き取っていった。植村は薄闇の中で、湧き上がる怒りをじっと堪《こら》えた。

六

　次の日杉尾と橋本は、昨日に引き続き紙にまつわる商いをする店を廻って歩くために屋敷を出ていった。

「濡れ紙も出ましたが、売っていかねばなりません」

　橋本は言った。儲ける話ではなく、損失をいかに減らすかの話になった。

　二人を見送った源之助は、植村に昨日から考えていたことを口にした。誰かと話すことで、整理をしたかった。

「錦絵を商う柏木屋が、紙を求めていたことは間違いありませぬ」

「それが、搬入の前日になって、いらないと言ってきましたな」

「はい。文書で約定を交わしていなかったとはいえ、ずいぶんとこちらに打撃を与える形になりました」

「何か裏があるのではと、考えるわけですね」

植村は頷いた。同じことを考えていたらしかった。

「植垣屋も、今思うとこうなることを承知の上での動きだったように感じます」

と続けた。

「探ってみましょう」

商いの上ではもう覆《くつがえ》すことはできないが、はっきりとさせたかった。

「そうですな。このままでは、引けませぬ」

そこで二人は、日本橋南伝馬町三丁目の地本問屋柏木屋へ足を向けた。日本橋から京橋まで、まっすぐな道が続いている。人や辻駕籠《つじかご》、荷車が行き過ぎた。

風は冷たいが、人通りは多い。露店も出ていた。十四日と十五日には、深川富岡《とみがおか》八幡宮《はちまんぐう》で最初の年《とし》の市《いち》があった。今日明日は浅草観世音《あさくさかんぜおん》の年の市がおこなわれる。いよいよ歳末といった忙《せわ》しなさが、町全体を覆《おお》い始めていた。

柏木屋の前に、人だかりがあった。新たな錦絵が売り出されたらしい。

店の前まで行って飾られた絵に目をやると、喜多山貞国の美人画だった。二人の娘が、かるた取りをしていた。

絵を買い入れて店から出てきた初老の客に、源之助が問いかけた。

「ええ、今手に入れてきました。たいそう売れていますよ」

大事そうに、源之助や植村に見せた。

「ご覧なさいまし、髪の毛の一本一本まで細かく描かれています。目尻の色っぽさが、たまりません」

「なるほど」

近くで見せられて、絵の細密《さいみつ》さが伝わってきた。髪の生《は》え際の線が、実物のように描かれている。

「これは彫師《ほりし》や摺師《すりし》がいいだけではありません」

「紙もよいのだな」

「そうだと思います」

柏木屋は、小原紙をよしとして買おうとした。しかしもっと安く買える手立てがあると、番頭の加兵衛は告げていた。納品をしたのが植垣屋だとすれば、ふざけた話だ。

佐治兵衛や猪吉は、洲永を騙したことになる。

まずは小僧に尋ねたが、「さあ」と要領を得ない返答があっただけだった。

「紙の仕入れについては、番頭さんが決めておいでなので」

手代にも尋ねたが、よく分かっていなかった。

「仕入れ先が変わったのでは」

「そういう話は聞きました」

どこの店で、なぜ変わったのかは分からない。それに今売り出しているのは、前に仕入れた紙だと言った。

詳細を知っているのは主人の孫四郎や番頭加兵衛だが、この二人に訊いたのでは、本当のところは分からない。やましいことがあれば、喋らないだろう。屋敷に断りに来たときには、新たな仕入れ先については言えないと告げていた。

そこで摺師について手代に訊いた。

「喜多山貞国の美人画を刷《す》るのは、日本橋松島《まつしま》町に住む仁造《にぞう》という職人です」

それで源之助は、植村と共に松島町へ足を向けた。浜町堀《はまちょうぼり》と銀座《ぎんざ》の間にある、武家地に囲まれた閑静《かんせい》な町地《ちょうち》だ。

告げられた仁造の住まいは、すぐに分かった。しもた屋は百坪ほどの敷地で、庭には刷ったばかりの絵が陰干《かげほ》しされていた。美人画だけでなく、風景画もあった。景気はよさそうで、弟子らしい複数の若い者の姿があった。

「忙しいんでね、手っ取り早くお願いしますぜ」

四十歳前後とおぼしい仁造は、顔を合わせるとそう言った。襷《たすき》がけで、仕事着には様々な色の染みが出来ていた。武家だからと畏《おそ》れ入ってはいないが、相手にしないというわけでもなかった。

「紙には、こだわりますよ。それで出来が変わってきますからね」

「小原紙は、使っているのか」

「ええ。昨日荷が届きましたんでね、使い始めました」

いい紙だと付け足した。柏木屋から運ばれた新たな紙での刷りは、今日から始まったわけだ。

「仕入れ先が変わったという話は聞いているな」

「ええ、これでよいかと訊かれました」

紙を誰が売るかについては知らない。加兵衛は話さなかった。

「かまわぬのか」

「仕入れ先がどこであろうと、墨の載り具合がよければ、こちらは刷れと言われた紙で刷りますぜ」

当然ではないかという顔で告げられた。紙を買うのは版元で、摺師ではない。

「紙の仕入れ先が変わる理由については、話がなかったのか」

「ありましたよ。同じ紙が安く手に入ったと言っていました」

見て触ってみたら、前のものと同じだった。ならば摺師にとっては、他のことはどうでもよかった。

「いつのことだ」

「二、三日前ですね」

「急に出た話だな」

「そうです」

同じ紙が安く手に入るとなれば、そちらに乗り換えるのは、商人として当然だろう。文書による約定を、交わしていたわけではなかった。ただ仁造は、それ以上は分からない。

紙は、昨夕届いたそうな。

「仕方がありませんね」

仁造の家を出たところで、源之助は言った。

どうにもならないと感じたが、源之助と植村は念のため、近くに住んでいるという彫師豊蔵《とよぞう》も尋ねることにした。何も得られなければ、それであきらめるつもりだった。豊蔵は初老といった歳で、すっかり白髪《しらが》頭になっていた。削った木屑《きくず》が、前掛けについていた。

「お侍が、どうして紙のことなんて」

怪訝《けげん》な顔をしたが、問いかけには答えた。とはいえ紙の買い入れについては、何も知らなかった。そこでここ数日の柏木屋の様子について尋ねた。

「今日は、喜多山貞国の新しい版が出るんでね。忙しいようだった」

「それだけか。他の仕事もしたのであろう」

「もちろんですよ。次に売り出すものを考える」

売れるものを、続けて出さなくてはならないから、版元もたいへんだ。ただ告げられた言葉の一つが気になった。

「そういえば、三日前に柏木屋へ行ったとき、主人の孫四郎さんが留守だったっけ」

居ると聞いていたのだが急用で出かけ、番頭の加兵衛と話をしたというのである。

「どのような用か」

「さあ」

加兵衛と話して用が足りたので、それ以上のことは訊かなかったとか。

「三日前というのが、気になりますね」

豊蔵の住まいを出たところで、植村が言った。

そこで柏木屋へ戻って、三日前の夕刻以降の孫四郎の動きについて確かめることにした。

改めて柏木屋の小僧に尋ねた。

「はい、三日前の夕刻、旦那さんはお出かけになりました」

指を折って数えてから答えた。

「行った先が分かるか」

「ええと、薬研堀《やげんぼり》の松喜《まつき》屋とか」

小僧ははっきりと思い出したのか、自信がある様子で続けた。

「私が、辻駕籠を呼んできたんです。お乗りになるときに、駕籠《かご》舁きにそう伝えていました」

「よし」

源之助と植村は、薬研堀へ急いだ。大川から、水を引き入れている。薬研堀に沿った場所に、松喜屋という料理屋があった。

そこで出入り口にいた下足番《げそくばん》に、源之助は小銭を与えて問いかけた。

「三日前の夕刻に、柏木屋の主人が来たはずだが」

「ええ、お見えになりました」

「相手は、誰か」

「植垣屋の旦那さんでした」

少しばかり首を捻《ひね》ってから答えた。柏木屋が来たのは初めてだった。植垣屋が、柏木屋を招いたのである。

「そうか」

源之助と植村は、顔を見合わせた。小原紙の販売について、植垣屋が絡んでいたことが分かった。

驚きはなかった。そんなところだろうと思っていた。

第四章　藩札の紙

一

「植垣屋は、この店をよく利用するのか」

源之助は、続けて料理屋松喜屋の下足番に尋ねた。

「まあ、何度か」

「相手は、どういう者か」

「商いの方もいれば、お武家様もいます」

「近頃、柏木屋の他に来たのは」

「先月の半ばくらいだったかと」

武家だったが、どこの誰かは思い出せなかった。おかみや番頭が名を呼びかけても、それは頭に残らない。下足番は、顔と履物を覚える。

柏木屋が顔を見せたのは三日前だが、一月《ひとつき》以上も前にやって来た客は、馴染《なじ》みでもなければ顔も名もあやふやになるようだ。植垣屋は、いくつかの大名家の御用達《ごようたし》になっている。そこの重臣を招くらしかった。

「どのようなご用件で」

下足番とやり取りをしていると、中年の番頭が姿を見せた。そこで源之助が、問いかけをした。植垣屋が招く客についてである。

「さあて、どうだったでしょうか」

番頭は、客のことについては、一切話さなかった。分かっていたとしても、はぐらかした。そして下足番をこの場から離れさせた。

客について、余計なことは喋《しゃべ》るなという意味らしかった。こうなっては、問いかけを続けるわけにはいかない。

それから源之助は、植村と共に日本橋小舟町へ足を向けた。植垣屋が見える西堀留川河岸に立った。川面《かわも》では、艪《ろ》の音を立てて荷船が行き過ぎてゆく。水上は、いかにも寒そうだ。

まず店先にいた小僧に問いかけた。

「店では馴染みの客の接待に、薬研堀の松喜屋という料理屋を使っているな」

「へい。使っております」

「武家は、御用を受けている御家の者だな」

「さようで」

「他にはどうだ」

「御用を受けたい御家の、ご重臣を招くことはあると思います」

「それはどこか」

「よくは存じませんが」

困惑の顔になった。そこは知っていても、話すわけにはいかないだろう。

小僧から離れたところで、源之助と植村は話をした。

「高岡藩では、柏木屋へ卸そうとした品がそのまま残って、改めて金子に換えなくてはならぬはめになりました。そこには、植垣屋の企《たくら》みがあったと見てよいと思います」

「そうでしょうな。小原紙《おばらがみ》を仕入れたと分かっているのは、植垣屋だけですからね」

植村は頷《うなず》いた。他にもあるかもしれないが、はっきりしているのはそれだけだ。

「植垣屋が、わざわざ当家を困らせようと考えたのでしょうか」

源之助には、そこが疑問だった。

「高岡藩に、恨みなどあるわけがない。これまで、何の関わりもなかったのですから」

植村が返した。

「ならばどうして、このようなことをしたのでしょう」

何の得もないと言いたかった。手間がかかっただけだ。

「裏に何者かが、いるからでしょうね」

植村の返答は、源之助と同じ考えだった。その何者かの高岡藩への企みを受けて動いている。

「それは武家ですね」

「いかにも、反尾張の侍たちでしょう」

ただそこからは、絞《しぼ》れない。これまでも、数多くの敵が現れた。源之助は、小原紙や植垣屋絡みで、何があったかを辿《たど》ってみた。そしてふと思い当たった。

「一つ手掛かりがあります」

「何ですか」

「植垣屋は、浦川文太夫殿が国許で勘定奉行をしていた時分までは、浜松藩の御用達

ませぬ」

「もう一度御用達になりたいと考えたら、浦川殿の役に立とうとするかもしれ

植村が頷いてから続けた。

「おお、そうでしたね」

でした」

他には考えられないから、その線で探ってみることにした。植垣屋で、まだ声をかけていない小僧に尋ねた。

「浜松藩の家中の者を存じておるか」

「いえ、御用を承《うけたまわ》っておりませんので」

浦川という名も知らないと答えた。とぼけているようには感じない。

「では近頃、にわかに出入りするようになった侍はおらぬか」

「御用を受けているご家中のお侍ですか」

「そうではない者だ」

「さて、思いつきません」

そもそも御用を受けている家中の侍の顔でさえ、すべて覚えているわけではなかった。これでは話にならない。

他の小僧にも尋ねたが、同じ返答だった。そこで違うことを尋ねた。

「番頭は、このあたりで侍と酒を飲むことはないか」

下役の侍に飲ませておけば、何かの折に都合がいいと考えるのではないかとの思いだ。それならば料理屋ではなく、居酒屋あたりだろう。

「それはあると思います」

小僧は答えた。ただそれが、浜松藩の者かどうかは分からない。居酒屋の場所を聞いた。竹《たけ》やという隣町の店だった。

そこへ行くと、中年の女中が掃除をしていた。早速声をかけた。

「ええ、植垣屋の番頭さんは、よくお見えになります」

「侍を連れてくることもあるな」

「そうですね。みなさん、主持《しゅうも》ちの方たちです」

猪吉は出入りの藩の家臣に、酒を飲ませていることが分かった。

「最近、よく連れてくる者はおらぬか」

「同じ顔ということですか」

「まあそうだな」

「ええと」

それで挙がったのは、石黒《いしぐろ》、町岡《まちおか》、仲津、鵜飼《うかい》という名だった。

「どこの藩の者か」

「そこまでは、分かりませんよ」

いちいち相手が何者か、猪吉から教えられるわけではないと言い足した。そう告げられては、どうしようもなかった。

源之助にしても植村にしても、浜松藩士の名はだいぶ知っているが、すべてが分かっているわけではなかった。他には、新たに何かが分かることはなかった。


夕刻、正紀は佐名木と井尻、青山と共に、屋敷に戻った杉尾と橋本から一日の報告を受けた。紙問屋や、のしを扱う問屋などを当たったが、満足な結果は得られなかったというものだった。

「必要な品は、すでに仕入れているようで」

「まあ、そうであろうが」

「買ってもよいとした紙問屋はありましたが、一枚七文と申しました」

杉尾が悔しそうに言った。

「足元を見たのだな」

「そのようで」

いよいよとなれば仕方がないが、まだその値では売れない。

「明日も廻りまする」

杉尾が言った。江戸は広いから、歩いていれば何かにぶつかるかもしれない。そう考えるしかなかった。

少しして、源之助と植村も引き上げてきた。

「柏木屋が買い入れを断ってきた裏に、植垣屋がいることが分かりました」

意気込んでいる。源之助が、聞き込んだ詳細について報告をした。

「なるほど、浦川ならば企《たくら》むであろうな」

正紀が返した。

そして猪吉が酒を飲んだ四人の侍の名字を聞いた。正紀は覚えがないと感じたが、佐名木が口にした。

「仲津ならば、浜松藩におりますぞ」

それで思い出した。

「うむ、そういえば。仲津丈作だな。近頃浦川が傍《そば》に置いている者だ」

本家に井上一門が集まった折に、小机に向かって記録を取っていた。

「なるほど、あやつが繋《つな》ぎを取っていたわけか」

「そのようです」

正紀の言葉に、一同が頷いた。

「おのれ、またしても浦川か」

橋本が憤《いきどお》りの声を上げた。

「しつこい御仁《ごじん》ですな」

と青山が続けた。正紀も同じ気持ちだった。杉尾も頷いている。

「向こうにしたら、してやったりの気持ちなのでしょうね」

と口にしたのは源之助だ。

「これで終わりでしょうか。まだ何か企むでしょうか」

植村は、それを気にしていた。

二

話が済んだところで、青山が別件で問いかけてきた。

「清三郎様のお具合が、よろしくないとか。いかがでございましょう」

案じ顔で言っていた。他の者も、不安げな眼差しを向けている。

「うむ。どうもな」

今朝も様子を見に行った。昨日尾張藩の藩医に診《み》てもらい、忠告通り体を温めた。それで微熱は下がったが、ほっとしたわけではなかった。一時《いっとき》回復したかに見えても、また元に戻ってしまう。

京の話では、乳を飲む量は減ったままだとか。泣き声も弱々しい。生後同じくらいのとき、孝姫は声を放って泣き、しきりに手足をばたつかせた。清三郎には、まったくそれがない。

清三郎の容態について、家中の者には正式に知らせていなかった。ただいつの間にか漏れていて、案じる者は少なからずいた。孝姫のように、丈夫な赤子ではないと分かっている。

そして昨日は、尾張藩から藩医がやって来た。それで清三郎が正常でないことが、一気に家中に広まった。

動揺があるのは明らかだった。

「幼《おさな》い頃は病弱でも、頑健《がんけん》な若者に育つ例はいくらでもあるぞ」

「まことに、そうに違いない」

と口にする者はいるが、気休めの言葉に聞こえなくもない。待望の跡取りが出来て、藩財政は逼迫《ひっぱく》していても、国替えや御手伝普請といった難題を乗り越えた。さあこれから、といった矢先のことである。

継嗣《けいし》問題は、御家存続にも関わる。藩財政の一助となると期待した小原紙の販売もうまくいっていない。

藩士たちの気持ちは、下向きになっていた。

青山はそうした藩内の空気を踏まえた上で、正紀に問いかけてきたのだと察せられた。他の者たちも、不安の目を向けてくる。

「京も、藩医の辻村も、見守っている。じきによくなると願っているぞ」

正紀はそう答えた。快復すればそれでいいが、万一のことがあった場合には、衝撃が大きい。何も伝えないわけにはいかなかった。

これは佐名木とも相談していた。

問われれば、家中の者には伝えることにしていた。そこへ、本家の浜松藩から使いの者がやって来た。明日、正甫の名代《みょうだい》として、浦川が清三郎の見舞いにやって来るというのだった。

「これは」

正甫の名を出されては、断るわけにはいかない。

「見舞いではなく、様子を探るためでしょうな」

佐名木が言った。

「見られたくない場所へ、ずかずかと踏み込んでこられるようで」

京も浦川の見舞いを嫌がったが、受け入れるしかなかった。


翌日昼四つ頃（午前十時頃）、浦川文太夫は配下の仲津丈作と藩医半田玄春《はんだげんしゅん》を伴《ともな》って高岡藩上屋敷を訪ねて来た。半田は五十一歳で、浅黒い膚《はだ》で恰幅《かっぷく》のよい者だった。

正紀と佐名木で迎えた。杉尾と橋本、源之助と植村は、小原紙の引き取り手を探すべく町へ出ていった後だ。

まずは客間で、浦川らと向かい合った。京は顔を出さない。

「いかがでござるか」

「まずまずといったところで」

浦川の問いかけに正紀は答えた。

「何事もなければよろしいが」

案じ顔になって、浦川は言った。後ろにいる半田と仲津も頷いている。

「熱が治《おさ》まったゆえ、じきに何事もなかったと、笑い話になるであろう」

正紀は答えた。それで帰らせるつもりだったが、浦川は伴って来た藩医の半田にも、診察をさせてほしいと告げてきた。

「そうだな」

断る理由はなかったので、診《み》させることにした。迷惑な気持ちはあったが、何か潜《ひそ》んでいる病《やまい》を探り出すことができるならば、それはそれでありがたい。

浦川と半田は、早速病間へ入った。

心の臓の音を聞き、脈を取り、目と舌を検《あらた》めた。腹のそこここを押した。赤子は弱い声で泣いた。

「ううむ」

半田は、難しい顔をした。

「具合はどうか」

「弱っているかと存じまする」

浦川の言葉に、半田が応じた。それ以上は口にしない。後で浦川には、診立《みた》ての詳細を話すのだろう。

「弱っているのは、どこか」

正紀が尋ねた。それを言わなければ、やって来た意味がない。

「腹が強張《こわば》っているような。常の赤子とは、微妙に違いまする」

「なぜそうなるのか」

「腹のどこかが、お悪いのかと」

そして半田は両手をつくと頭を下げた。

「危急の折には、いつでも馳《は》せ参《さん》じまする」

それで客間に戻った。ここでは仲津が待機をしていた。

「何事もなく済めばよろしいが、万一のことも考えねばなりませぬな。御家のこれからのこともありますゆえ」

浦川の言葉だ。

「万一とは」

不愉快な言葉だったので、正紀は自分でも冷ややかな言い方になったのが分かった。

「いやいや、いろいろとございましょう。ご家中や一門の者たちは、御家のご安寧《あんねい》を願っておりまする」

「なるほど」

跡取り問題に口を挟むつもりか。浦川の狙いは明らかだ。安寧を乱すのはおまえではないかと口に出そうになったが、正紀はぐっと堪《こら》えた。

仲津は部屋の隅で控えていて何も言わない。俯《うつむ》き加減でいるが、たまに顔を上げた。ふてぶてしそうな印象があったが、目が合うと慌てて頭を下げて誤魔化《ごまか》した。

「ではこれで」

四半刻《しはんとき》ほどで、浦川は腰を上げた。佐名木が、玄関まで送る。仲津の身ごなしは無駄がなく、腰が据《す》わっていた。なかなかの剣の遣《つか》い手《て》だと窺えた。

浦川たちを見送った佐名木が、戻ってきた。

「あやつ、玄関先でも跡取りについてふざけたことを申しておりました」

「ほう」

「存じ寄りの藩に、元気な男児がいるとか」

「それを押しつけるつもりか」

浦川に近い者となれば、こちらには迷惑な話だ。松平信明あたりが、絡んでくるかもしれない。信明は定信の右腕と呼ばれている老中だ。

「押しつけられたならば、迷惑だな」

「いかにも。浦川は、殿が邪魔なのでございましょう」

正紀にしくじりをさせ、失脚にまで追い込む。小原紙の件は、その一歩か。

三

橋本は、杉尾と共に紙を扱う問屋を廻っていた。寒風《かんぷう》で鼻の頭を赤くした小僧が、荷車を引いて行く。僧侶が、忙《せわ》しなさそうに歩いて行った。

この日は足を延ばして芝まで来ていた。三島町《みしまちょう》に地本問屋《じほんどいや》の春屋《はるや》があって、富士山《ふじさん》をいろいろな距離、角度から描いた版画を売り出していた。

色遣《いろづか》いが鮮《あざ》やかで、なかなか評判がいいらしい。少しの間、橋本も見惚《みと》れた。我に返って、売られている版画の紙に手を触れさせた。小原紙ではないが、上質なものを使っていた。

「当たってみましょう」

目についた店は、何であれ当たってみる。断られることを、恥《はじ》だとは思わない。ぶつかっていれば、必ず受け入れる何かに突き当たる。

「柏木屋も、小原紙のよさは認めていた。分かれば、仕入れるかもしれぬ」

杉尾が応じた。一枚十文で四十五束《しじゅうごそく》仕入れた。しかし四束と七帖分に水による染みが出来た。地本問屋に売れるのは四十束だ。

「一枚が、十三文というのがぎりぎりですね」

「できれば、十四文以上だがな」

紙問屋では、一枚七文と足元を見られた。中どころとおぼしい、地本問屋の敷居を跨《また》いだ。

「ほう、小原紙ですか」

対応をした中年の番頭は、紙を掌《てのひら》で撫《な》でた。噂には聞いていたが、実物を目にするのは初めてだと言った。

「墨の載り具合も、よさそうですな」

「うむ。鮮やかな仕上がりになるぞ」

「どれほどのご用意があるので」

「四十束だ」

脈がありそうな問いかけだと感じて、橋本は気持ちが引き締まった。

「値は、いかほどで」

「一枚十五文で、どうであろう。破格の値だ」

大げさな言い方をした。

「その値ですと、ちと」

紙に触れていた手を引っ込めた。関心はないといった態度だ。

「では、いくらならばよい」

番頭は、算盤《そろばん》を弾《はじ》いてから言った。

「さようですな」

「一枚で十二文でございますね」

それならば、主人や摺師《すりし》に相談できると続けた。橋本は、杉尾と顔を見合わせた。

「十三文にならぬか」

一枚十三文で売れるとすれば、四十束で六十二両を超える。桜井屋への返済は六十五両だから、濡れ紙がいくらで売れるか分からないが、藩の損失は少なくなる。場合によっては、多少の利が出るかもしれない。

「それはどうでしょう」

番頭は渋い顔になった。とはいえ話は終わりだといった態度ではなかった。

「では、主人や摺師とも話し合ってもらおう」

「分かりました」

「この紙は、柏木屋が喜多山貞国の美人画を刷《す》るのにも使われるぞ」

いい流れだと思うから、橋本はもう一押《ひとお》しするつもりで口にした。

った。

「まことで」

思いがけないといった表情だ。

「もちろんだ。それだけよい紙だということだ」

けれども番頭の表情は、苦々しいものに変わった。紙に対する関心をなくした顔だった。

「柏木屋さんがこれを使うならば、うちでは使えませんね」

これまでとは打って変わった、冷ややかな口調になって言った。

「なぜ、柏木屋で使うと駄目なのか」

驚いた橋本は、慌てて問いかけた。

「商売敵《しょうばいがたき》でございます。同じ紙では刷れません。味わいが似ます。違ってこそ、商いになるのです」

「ううむ」

たいした違いではないと思うが、気持ちは固いらしかった。

「しかしな、よい紙ではあるぞ」

杉尾が取《と》り繕《つくろ》うように口にした。

「そういう問題では、ございません」

けんもほろろといった返答だった。

「お引き取りいただきます」

と告げられて、橋本と杉尾は店の外へ出された。

「惜しいところだったたな」

「まことに。それがしが柏木屋の話をしなければ、うまくいったやもしれませぬ」

「いや、いずれ分かったであろう。そうなってから悶着《もんちゃく》になるのは、かえって面倒だ」

杉尾が、慰《なぐさ》めてくれた。気を取り直して、次の紙屋を探す。

すると番傘屋があった。間口は二間半（約四・五メートル）だが、多数の番傘が並んでいる。

「あれはどうでしょう。紙を使います」

「濡れ紙ならば、売れそうだな」

「はい」

敷居を跨いだ。初老の肥《こ》えた女房が、店番をしていた。橋本が話しかけた。

「濡れ紙だが、番傘としては極上の紙だぞ」

と伝えた。主人を呼ぶようにと告げたが、女房は自分が見ると言った。濡れたものも、一枚用意してきていた。紙を示した。

「確かに、丈夫な紙ですね」

触ってから最初に口にしたのは、それだった。地本問屋とは、異なる点に注意を向けた。橋本は、四束と七帖あると伝えた。

「一枚、いかほどですか。うちはこれに油を塗りますからね、手間がかかります。高くは買えませんよ」

先手を打たれた。しっかり者の女房だ。

「いくらならば、引き取るのか」

「そうですねえ、一枚が四文」

それでは話にならなかった。その値ならば、前にも買おうという店があった。失望が、顔に出たのが分かった。

「それ以上は、何があったって出せません」

追い打ちをかけるように告げられたので、引き上げることにした。橋本と杉尾が敷居を跨ごうとすると、女房が言った。

「亭主に、掛け合ってみましょうか」

「そうか」

紙に未練があるらしかった。ならば駆け引きだ。女房は店の奥へ入っていった。そして少しして、痩《や》せた亭主と一緒に戻ってきた。女房の方が、圧《お》してくる重みがあった。

「五文でいかがでしょう」

女房は、紙の丈夫さを認めているらしかった。

「六文ならば、手を打つぞ」

橋本は強気になって言ってみた。夫婦は渋い顔になって目と目を見合わせた。そして小さく頷き合った。

「仕方がない、それで引き取ります」

亭主の方が言った。明日にも届けてほしいという話だった。こちらとしては、異存はなかった。この値ならば、正紀にも井尻にも何とか報告できる。三両は超えているので、ぎりぎりといったところだった。

四

浦川らが引き上げて間もなく、越後三日市藩一万石柳沢家の江戸家老田原半太夫が、佐名木を訪ねて来た。何かの用があったわけではなく、近くまで来たからという話だった。

執務部屋へ招き入れた。

「冷えますなあ。陽だまりを選んで、歩いてきました」

佐名木は、田原に熱い茶を振る舞った。部屋に火鉢はないので、せめてものもてなしだった。

歳末の藩内の様子を話題にした。

「苦しいが、せめて餅《もち》ぐらい配りたいが」

「当家では、それも無理でござる」

田原の言葉に、佐名木が返した。そこから、小原紙にまつわる話をした。浦川の関与には触れない。

「紙でござるか」

「売りたいと存ずるが。なかなかうまくいき申さぬ」

「どれくらいあるのでござろう」

「四十束でござる」

「なかなかの量ですな」

他人事《ひとごと》といった響きがあった。佐名木も、田原に話したところで、どうにかなるとは考えていなかった。愚痴《ぐち》のようなものだった。

「はて、しかし待てよ」

何かを思い出したらしく、田原は腕組みをした。

「そういえば、新たに紙が要《い》る話を思い出しましたぞ」

「どのようなことですかな」

当てにするつもりはないが、話の大まかだけは聞いておきたかった。

「当家三日市藩主であらせられる里之様のご正室は、武蔵岡部藩二万石の安部信允《あんべのぶちか》様の姫ごでござった」

「それは、存じており申す」

大名同士の婚姻は、いたるところでおこなわれている。それが家の結束を強くした。

「それゆえ、かの藩の江戸家老荻原兵三郎《おぎわらへいざぶろう》殿とは昵懇《じっこん》で、話を聞き申した」

岡部藩は、所領のうち本国武蔵と隣国上野には合わせても五千石程度の所領しかなかった。そして飛地《とびち》である摂津《せっつ》に約七千石、三河《みかわ》には約六千石、その他丹波《たんば》にも数か村といった分散した所領形態となっていた。そしてそれぞれの地で、個別に藩札《はんさつ》を出していた。

とそこまでを、田原は説明した。

「なかなか不便ですな」

「まことに。ただ不作の地があっても、そうではないところもござった」

「領国のどこかからは、着実に年貢が入ったわけですな」

それは藩財政のためにはありがたい。

「とはいえ仰《おお》せの通り、やりにくいところはござった。そこで岡部藩では、藩札を書き換え、領内では統一した形にしようということになり申した」

田原の言わんとすることが分かった。

「なるほど。そうなると、紙が必要ですな」

藩札に使うならば、上質で丈夫な紙でなくてはならない。思いがけない話だった。

「いかほどの量が、入用《いりよう》なのでござろうか」

藩のすることだから、すでに入手のための手立ては講じられていると察せられた。

それでも値段や、どこから仕入れるかなども聞いておきたかった。

久々に、佐名木の胸が騒いだ。

「聞き流していた話ゆえ、詳しいことは存ぜぬが」

「まあ、そうではあろうが」

その書き換えに、小原紙を使えないかと考えたのである。とはいえ、容易《たやす》くそれができるとは思えない。しかしできることがあるならば、当たってみたかった。

「その話を耳にしたのは、いつ頃のことで」

「さよう。一月半《ひとつきはん》ほども前でござるかな」

ならば紙の納入業者は、決まってしまったかもしれない。ともあれ急いで当たってみようと考えた。

「江戸家老の荻原殿に、お口添え願えまいか」

佐名木は、荻原とは会って挨拶程度は交《か》わしたことがあった。しかしそれ以上の関わりはない。

田原に間に入ってもらえるならば、ありがたかった。

すでに話が決まっているならば、無理押しはしない。すぐに引き下がるつもりだった。

「小原紙を、藩札の書き換えに使えないかという話ですな」

「さよう」

「他藩のことゆえ、おこなうにあたっての中身に口出しはできぬが、ご紹介だけならばいたそう」

田原はそう言った。会える手筈《てはず》を、調《ととの》えてくれるという話だった。思いがけないところで、活路が開けるかもしれない。

正紀のもとへ、佐名木が顔を出した。田原が引き上げて、そこで交わした内容について報告を受けたのである。

「そうか、岡部藩安部家で藩札の書き換えをおこなうわけだな」

飛地《とびち》によって発行時期が違い、書式も少しずつ異なる。それを統一させようという試みは理解できた。

「小原紙は、書き換えにふさわしい品かと存じます」

佐名木は頷いたが、こちらの思惑で話が進むわけではなかった。ただ濡れずに済んだ四十束を、そのまま下屋敷で年を越させるわけにはいかない。

藩士たちにも動揺がある。

小原紙と清三郎の病《やまい》については、藩士たちの関心は高かった。清三郎の方はどうにもならないが、小原紙の方は、働き方次第で何とかできるかもしれない。そのための労は、惜しむつもりはなかった。

「よし。話を進めよう」

杉尾と橋本が戻って、濡れ紙の買い手がついた報告を受けた。

「あの濡れ紙が売れたのは何よりだ」

三両をやや超すだけの額でもありがたい。久しぶりの朗報だった。

夕刻、田原から知らせがあった。明日の昼四つ（午前十時頃）に、岡部藩江戸家老荻原兵三郎と対面できるというものだった。

「そうか、田原殿はすぐに動いてくれたわけだな」

正紀たちは感謝した。

藩札書き換えについては進行中だが、紙はまだ決まっていないとか。年内にははっきりさせたいと考えているらしい。

決定に口出しはできないと田原には念押しをされたが、ここまでしてもらえたならば大助かりだった。後は、できることをするだけだ。

夜、今度は京に微熱があった。顔つきがいつもと微妙に違う。

「どうした」

少なからず正紀は慌てた。清三郎だけでなく、京までおかしくなってはたまらない。

汗ばんだ手を握ると、いつもと異なる体温が伝わってきた。

「大丈夫でございます。少し疲れただけで」

「ならば休まねばならぬ」

とはいっても、心労は少なくない。京にしてみれば、片時も清三郎から離れたくないに違いなかった。

この日の夜は、ひと際冷えた。なかなか寝付けない。木枯《こが》らしの音が、絶え間《たま》なく聞こえた。

五

翌朝、佐名木は岡部藩上屋敷へ向かうために屋敷を出ようとした。杉尾と橋本は、番傘屋へ濡れ紙を届けに行った。

日が出ていても、底冷えのする朝だった。佐名木は供に、植村をつけた。源之助は正紀の用で出かけていた。

すると門を出る手前で、平伏《へいふく》する藩士がいるのに気がついた。霜柱《しもばしら》が立っている中でだ。洲永だった。

「それがしも、お役に立てさせていただきたく存じまする」

地べたにつくほど頭を下げた。小原紙については、しくじりがあったと考えている。

一部の藩士たちからは責められた。まだ藩士たちとの仲はしっくりとはいっていないと、源之助や植村から聞いていた。

挽回《ばんかい》をしたいらしかった。

「井尻は、何と申した」

洲永は井尻の下で働く勘定方だ。いくら家老でも、勝手に使うわけにはいかない。

「よいと、仰せられました」

「ならば、ついて参れ」

洲永は柏木屋の話が出る前から、役に立ちたいと井尻に願い出ていた。状況が悪くなって、洲永は追いつめられている。

井尻はそれを、察したのだと思われた。

二人を供にした佐名木は、馬に乗って屋敷を出た。轡《くつわ》は、植村が握った。

赤坂《あかさか》御門内永田馬場《ながたばば》脇の岡部藩上屋敷へ着いた。早速佐名木は、荻原との対面を求めた。

荻原兵三郎は四十代半ばの歳で長身痩軀《ちょうしんそうく》、日焼けをしているのか浅黒い顔をしていた。

「御手伝普請は、難儀でございましたな」

田原から聞いているらしく、まずはそこから話を向けてきた。佐名木は、藩財政を補《おぎな》うために小原紙を仕入れたが、うまくいかないでいることを伝えた。調べればわかることなので、隠し立てはしない。

荻原は黙って最後まで聞いてから、佐名木に告げた。

「当家は藩札の書き換えをおこない申す。良質な紙が入用だが、それは他家の財政のためにおこなうのではござらぬ」

「それは、重々承知のことでござる。気に入らなかったり、値で折り合いがつかなければ、致し方ないことと存ずる」

佐名木はそう返した。無理強《むりじ》いはしないと伝えたのである。それから、小原紙の見本を示した。

「なるほど、よい紙ですな」

荻原は丁寧《ていねい》に見て、手で触れてから答えた。

「では新しい藩札の紙の買い入れについて、お話しいたそう」

「かたじけない」

荻原は咳払《せきばら》いを一つしてから、改まった口調で言った。

「藩札の書き換えについては、来年の三月末までに、すべて済ませたいと考えており申す」

そのための段取りとして、年内には紙の仕入れ先を決める方針だと告げた。明後日《あさって》の二十一日に、出入りの紙商いの者から入札によって金額を出させ、最も安価なところから買い入れるのだそうな。

紙質は、事前に出させて了承を受けたもののみとする。

小原紙ならば、問題ないと告げられた。今日は入札に加われる、ぎりぎりの日といってよかった。

「買い入れの量は、いかほどで」

「四十束でござる」

「それは」

ぴったりだった。それ以上だったら、入札に加われなかった。

「入札に参加する店は、何軒で」

「三軒でござる」

日本橋高砂町《たかさごちょう》の福田屋《ふくだや》と京橋竹川町《たけかわちょう》の玉川屋《たまがわや》、それに四谷塩町《よつやしおちょう》一丁目の牧村屋《まきむらや》の三軒だった。当日に、入札額を記した書状に封をして持参する。皆が見ている前で開封される流れだ。

「その中に、当家も加えていただきたい」

「どうぞ、競《きそ》ってくだされるがよかろう」

「同じ値が出たら、どうなさる」

「その折の値引き額を記すことになっており申す」

「周到ですな」

入札に加わる店についてはすでに締め切っていたが、田原の口添えがあったということで受け入れられた。岡部藩邸を出たところで、待機していた植村と洲永に、佐名木は荻原とした話の内容を伝えた。

二人とも、はらはらしながら待っていたことだろう。

「三つの店は、どのような値をつけるのでしょうか」

「利を載せようとするか、損をしても品を納《おさ》めたという形を欲しがるか、それによるでしょうな」

洲永の言葉に、植村が返した。どのあたりの値をつけるか、店の事情にもよるだろう。見当がつかない。

六

「探ってみます」

佐名木からの話を聞いた洲永は、迷わず申し出た。何ができるか、どこまでやれるかも分からないが、できることはしたかった。

腹を切ってもよいと、一時は覚悟を決めた。井上家中に婿入りして張り切ったが、それが裏目に出た。植垣屋に手玉に取られて、どうにもならないとあきらめかけたが、正紀から生きて励《はげ》めと告げられた。

「あなたさまが腹を切っても、どうにもなりませぬ。できることを、なさいまし」

妻となった登茂からもそう言われた。

登茂と会ったのは、祝言が決まり江戸へ出てきてからだった。初めから、気持ちが繋がっていたわけではなかった。

けれども、婿として洲永姓を名乗ってしまったら、腹を決めるしかなかった。ならば登茂を、慈《いつく》しもうと思った。夫婦となった以上、他に手立てはない。そして顔を見たこともない話をしたこともない娘と結ばれて、日を過ごすうちに分かったことがあった。

それは登茂も、自分を慈しもうとしていることだった。

小原紙の件で、しくじりが明らかになったとき、何よりも気になったのは正紀への面目《めんぼく》のなさと、登茂の期待を裏切ったということだった。誰の目よりも、登茂の自分に向ける目がどうなるか、それが気になった。

源之助に切腹を止められた後、怖れの気持ちを抱いて、お長屋へ戻った。すでに小原紙がどうなったか、屋敷中に広まっていた。登茂も嫌な思いをしたに違いなかった。口さがない者は、どこにでもいる。

「何を言われても仕方がない」

受け入れるつもりだった。何もしていない登茂が、責められたのである。

「戻ったぞ」

重い気持ちでお長屋の戸を開けた。すると台所から、煮物のにおいが漂ってきて驚いた。洲永が好物の、がんもどきの煮付けのにおいだったからだ。

「ああっ」

夕食どきで、登茂はそうやって自分の帰りを待っていたのだと知った。泣くわけにはいかないから、奥歯を嚙《か》みしめた。

そして登茂のためにも、命懸《いのちが》けで事に当たろうと覚悟を新たにしたのだった。

「うむ。では植村と参るがよい」

洲永の申し出に、佐名木が応じた。洲永と植村は佐名木と別れて、名の挙がった三つの店を当たることにした。入札でつける値は極秘だろうが、競う相手の様子を窺《うかが》っておくことは大切だ。

まず向かったのは、四谷塩町一丁目の牧村屋である。四谷御門を経《へ》て、堀の外へ出た。城の西側に当たる土地だ。

そこで洲永は立ち止まった。誰かにつけられているような気がしたのである。さりげなく振り返ったが、不審な者の気配はなかった。植村は、気にしている様子がない。だからそのまま歩いた。

牧村屋は間口四間半（約八・一メートル）で、大店《おおだな》といった印象はなかった。ただ客が入るたびに「いらっしゃいませ」という小僧らの声が外まで響いてきて、活気のある店だと感じた。

木戸番《きどばん》小屋の初老の番人に評判を訊くと、牧村屋の主人はまだ三十代半ばで、商いを広げることに熱を入れているとの話だった。一時《いっとき》損をしても、後で儲ければいいと考える質《たち》らしい。

「大名家の御用達になったときには、ずいぶんと誇らしげでしたよ」

番人は言った。

「これだと、安値をつけそうですね」

隣町の同業からも話を聞いた。

「ええ。大名家の御用達になってから、商いの幅が広がったのは間違いありません。信用もできますから」

「ならば、扱う金高《きんだか》も大きくなったであろうな」

「そうですね。でもそれで、年間で、支払いがたいへんになったという話を聞いたことがあります」

支払えない客が現れると、やり繰りが難しくなるのは確かだろう。

「だとすると、安くは売れないかもしれませんね」

通りへ出たところで、洲永は言った。

牧村屋からも、話を聞いてみることにした。店の敷居を跨いで、手代に話しかけた。

思い切って単刀直入に問いかけた。

「岡部藩の入札に関わるというではないか」

「はい。お役に立てればと考えております」

「よい紙なのであろうな」

「それはもう」

洲永は店の中を見回した。紙の束《たば》が積まれていて、それぞれに付箋《ふせん》がついて値が示されている。

「どの紙か」

「それは、申し上げられません」

仕方がなかった。手で触ってみて、小原紙と同じくらいの紙は一枚十八文以上の値をつけていた。小売値だから、卸値《おろしね》はこれ以下だろう。岡部藩への出入りは、当代になってからだとか。

次に洲永は植村と共に、京橋竹川町の玉川屋へ行った。こちらの方が、人通りの多い繁華な町にある。

玉川屋は間口こそ三間半（約六・三メートル）だが、老舗《しにせ》といった風格のある店だった。中を覗くと、五十歳前後の羽織姿の主人ふうが、手代に指図《さしず》をしていた。やり手というよりも、旦那然とした落ち着いた印象だった。

まずは一軒置いた並びにある荒物《あらもの》屋の主人に訊いた。

「近所に家作《かさく》もあって、商いの資金には困っていないと思いますよ」

「ほう。分限者《ぶげんしゃ》か」

「どれほどかは分かりませんが、あくせくはしていないかと。店のこともですが、町のためにも尽力をしていただいております」

他の者にも尋ねたが、評判はよかった。

ここでも店に入って、上質な紙を手で触ってみた。一枚二十文以上をつけていた。手代に訊くと、岡部藩の御用は、三代前からのものだとか。

藩札に関する入札についても、洲永が問いかけた。

「いくらお大名様の御用でも、あまりにお安くはできません」

「しかしそれでは、落札できぬのでは」

「うちはうちでございます」

手代は口元に笑みを浮かべた。そうは言ったが、腹の底は分からない。

そして日本橋高砂町の福田屋へ足を向けた。ここは、店の構えとしては一番大きく間口が五間（約九メートル）あった。

ここでもまず近所で尋ねる。並びにある古着屋の初老の女房だ。

「商いは、あまりうまくいっていないような気がしますよ」

「なぜそう思うのか」

「商っている荷の量が、二、三年前よりも減ってきたような」

これはあくまでも印象を口にしただけだ。

ただ次に、隣の太物《ふともの》屋の手代に訊くと同じようなことを口にした。

「よくは分かりませんが、噂がありました」

「どのような」

「これまで御用を受けていた大名家を、一つ失ったという話で」

これは商家にしては大きいことだろう。洲永と植村は顔を見合わせた。

「では資金繰りは」

「よそ様の店のことですのでね、何とも申し上げられません。でも今年の祭礼の折の寄進《きしん》は、例年よりも少なかったような」

ここでも福田屋の店の中に入って、手代に入札について問いかけた。

「うちは、御用を受けたいと思っております」

店頭に並べられている高級紙は、一枚十七文からだった。岡部藩への納品で、ひと稼ぎしたいということか。

「それぞれの店に、それぞれの事情があるわけだな」

植村が言った。

七

「では、ここまでのことを殿にお伝えいたしましょう」

洲永が言った。

「そうだな」

植村は頷いたが、気になることがあった。はっきりとはしていないが、何者かにつけられているような気がしていたのである。四谷あたりからだ。洲永が気づいているかどうかは分からないが、事実そうならば捨て置けない気がした。

少しばかり歩いたところで、植村は「振り向いてはならぬ」と告げた上で洲永に言った。

「我らは、何者かにつけられているのではないか」

歩みは緩《ゆる》めてはいない。

「そういえば、それがしも」

洲永が返した。

「ならば間違いあるまい。思い当たる者があろうか」

「私を嫌う者は、少なからずあると存じます」

　呟《つぶや》くような声だった。

「ならばまこう」

　植村は足を速めた。洲永がついてくる。横道があって、そこを曲がった。振り向かないが、ついてくる者の気配があった。

　さらに進んで、青物屋の脇にある路地へ入った。数間《すうけん》のところに長屋があった。木戸門があったので、その陰に身を隠した。

「何やつでしょう」

　興奮を抑えかねた口調で、洲永が言った。

　そして一人の侍が、姿を現した。何者かはすぐに分かった。保科五郎太だった。こちらの姿が見えなくなって慌てたらしく、しきりに周囲を見回していた。

「やはりあやつか」

　洲永が怒りを抑えた口調で言った。

「あやつ、屋敷を出たところからつけてきたのであろうな」

　小原紙の売り先について動いている藩士は限られている。保科ら多くの藩士たちには知らされていない。気になったとしても不思議ではなかった。

部屋住みの保科は、お役目があるわけではないので勝手に動くことができる。洲永が何をしているのか、探ろうとしているのだと思われた。

「しかし誰かの、指図があるのであろうか」

気になるのはそこだった。操《あやつ》る者がいるならば、捨て置けない。

「あやつの動きを、探るといたそう」

植村の言葉に、洲永は頷いた。

保科は、しきりに周囲を見回した。路地のあちらこちらを歩いて、様子を窺った。しかしまかれたと察したらしく、元の表通りに出た。

植村は洲永と共に、その後をつけた。

保科が足を向けたのは、高砂町の福田屋だった。店に入って、手代に問いかけをしている。

「我らが尋ねたことについて、訊いているのでしょうね」

洲永が言った。

「こちらの目論見《もくろみ》が、すぐに分かるな」

「それであやつは、何をするのでしょうか」

己が得心《とくしん》してよしとするのならば、それでかまわない。けれどもそうでないとなると厄介だ。ともあれこれからの動きも、探ることにした。

福田屋を出た保科は、古着屋の女房と太物屋の手代に声をかけた。

「こちらが問いかけたことを、確かめているわけだな」

「念入りです」

洲永は腹立たしそうだ。

そのまま保科の動きを探る。足を向けたのは京橋竹川町の玉川屋とその周辺、そして四谷塩町一丁目の牧村屋と植村らが話を聞いた相手だった。

「これであやつは、屋敷に戻るのかそれとも他のどこかへ行くのか」

さらに様子を見てゆく。

歩き始めた保科が向かう先は、高岡藩上屋敷ではなかった。

「どこへ行くのでしょう」

洲永は疑問に思ったらしいが、植村にはおおよその見当がついた。すでに薄暗くなっている。

行き着いた先は、浜松藩上屋敷だった。門番に声をかけ、屋敷の中に消えた。

門番は、植村とは顔見知りだった。

「今、高岡藩の者が中に入ったが、訪ねた相手は誰か」

「仲津様です」

「やはり」

と思った。仲津から、何かあったら伝えろと告げられているのだと考えた。仲津から浦川に伝わるのは間違いない。

「それがしが尋ねたことは、誰にも話さずにいてもらおう」

植村は、門番に小銭を与えた。

四半刻後、あたりがすっかり暗くなった頃に、保科は門内から出てきた。今度はまっすぐ、高岡藩の上屋敷へ戻った。

第五章　雪の輸送

一

正紀は、植村らよりも先に戻った佐名木から、岡部藩の藩札書き換えに関する詳細を聞いた。

「ぜひ当家で、落札したいところだな」

「はい。年内に決着がつきまする」

「しかし落札できねば、一気に片がつくのは難しくなる。慎重な値付けをいたさねばならぬな」

高く売りたいが、それをすれば、他へ持っていかれる。けれども大きな損をしてまで売るのは躊躇《ためら》われた。わずかでも利を得たいが、それが無理ならば、少しでも損失を減らさなくてはならない。

昼下がりには番傘屋へ濡れ紙を届けに出ていた杉尾と橋本が戻ってきて、取引が無事に済んだとの報告を受けた。

そして日暮れてからしばらくした頃、植村と洲永が屋敷へ戻ってきた。正紀は、佐名木と井尻、青山や源之助、杉尾と橋本を呼んで、報告を聞くことにした。岡部藩の藩札書き換えに関する概要は、すでに伝えている。

入札の額に関する存念を、それぞれに話させるつもりだった。ただその前に、入札に加わる日本橋高砂町の福田屋、京橋竹川町の玉川屋、四谷塩町一丁目の牧村屋の三軒について見聞きしたことを踏まえておかなくてはならない。

洲永が詳細を一同に伝えた。

洲永が一通り話し終えると、植村が口を開いた。保科が二人をつけていて、その後三つの店と問いかけをした者たちを当たったこと、そして浜松藩邸の仲津を訪ねたことを伝えた。

戻ってすぐ正紀はその報告を受けていたが、他の者の考えも聞くつもりだった。

「保科のやつ、嗅《か》ぎ回った上で、仲津殿へご注進《ちゅうしん》に上がったわけですな」

「するとこちらがしようとしていることが、やつらに伝わったことになりまする」

杉尾の言葉に、井尻が続けた。がっかりした口調だ。

「せっかくなそうとしていたことが」

とも口にした。もうこちらがしようとしていたことが、壊れたような言い方に聞こえた。

「耳にした浦川は、おそらくそのままにはしないでしょうね」

源之助の言葉に、一同が頷いた。

「藩でなそうとしていることを、敵に伝えるのは許せませぬな」

「まことに。それでいい婿の口でも、得ようという腹でしょうか」

青山の後に、橋本が言った。どちらの目にも、怒りの色が浮かんでいる。

「保科にとって、浦川や仲津は味方なのであろうか」

そう告げたのは、佐名木だった。他の者が、疑問の目を向けた。

「どういうことで」

源之助が問いかけた。味方だからこそ、ご注進に至ったのではないかという考えだ。

「あやつはまだ、部屋住みだ。浦川が当家に対して持つ野望について、どこまで分かっているのであろうかということだ」

この場に居合わせた者たちは、浦川には何度も煮え湯を飲まされかけたことがある。

正紀を失脚させ、己に都合のいい藩主を押し込もうとしていることは間違いない。とはいえその企《たくら》みが、高岡藩の家臣すべてに共有されてはいなかった。

何といっても、本家の江戸家老である。御手伝普請の折にも、援助の資金を出した。そのことは、下士《かし》や中間《ちゅうげん》に至るまで伝わっていた。

「なるほど。悪いようにはしないなどと言われて、仔細《しさい》も告げられぬまま、こちらの動きを伝えるように唆《そそのか》されているのかもしれませぬ」

と受けたのは、井尻だった。

「婿の口をちらつかされたならば、動くでしょう。保科にしたら、浦川の腹の内は分からない」

青山が応じた。

「しかしそれでは、こちらはたまったものではござらぬ」

「さよう。こちらが目指すことが、かなわぬ仕儀《しぎ》となりまする」

杉尾と橋本は、気持ちが治まらない。

「ともあれ浦川にまで伝わったとなると、仲津を使って何か仕掛けてくるでしょう」

「いかにも。それを防がねばなりませんね」

植村の言葉に、源之助が返した。

「やつらは、こちらが困ることをしてくるはずだ」

「どこかの店に、安値をつけるように働きかけるのでは」

「差額は、植垣屋に出させるのでしょう」

正紀の問いかけに応じたのは、源之助と洲永だった。

「ならば仲津が動くのは、明日ですね」

「我らで、その動きを止めまする」

杉尾が言って、橋本が大きく頷いた。植垣屋へ働きかけるのを妨《さまた》げる動きをすればよいのだ。

「明日、早朝よりかかりまする」

「それでよかろう」

正紀は杉尾の申し出に頷いた。

それから入札に関わる金額について、意見を交わすことにした。こちらも、慎重にやらなくてはならない。

「どこにしても、どう動くか見えにくいですな」

青山がため息をついた。

「金子の面で一番苦しそうなのは福田屋ですが、だからこそ藩札用の紙を卸《おろ》すことで、商いに勢いをつけようとするかもしれません」

「ならば、安値をつけるのか」

源之助の言葉に井尻が続けた。だいぶ気落ちしている。一文でも高い値で卸したいが、それができない。

「玉川屋は、店の格を落としたくないとの思惑がありそうで、安くはつけないかもしれません」

「うむ。玉川屋は、金銭面でもゆとりがありそうです。何としてもという気持ちは、ないかもしれません」

洲永の言葉に植村が続けた。損をしてまでも、落札したいとは考えていないだろうという見立てだ。

「牧村屋の主人は若くてやり手だとのことですから、何を考えるか分かりません」

橋本の意見も、もっともだと思われた。

「しかし三者ともに強気で出れば、高値をつけるでしょう」

と口にしたのは植村だった。これには、期待する響きがあった。しかし都合のよい判断は、好機を逃す虞《おそれ》がある。

結局決め手はなかった。

「一枚で十五文をつけられれば、手に入るのは七十二両となります。これはありがたい」

十五文は、柏木屋へ卸すときの値だった。桜井屋への返済をしても、濡れ紙の代三両余りを合わせれば、十両ほどが藩に入ることになる。井尻は、算盤を弾《はじ》いた。

「それは無理でしょう。そのような値をつけては、せっかくの好機を失います」

源之助は、あっさりと否定した。

「そうだな」

無理だとは、井尻も分かっている様子だった。

「とはいえ十文や十一文では、総額で大きな損となります」

洲永の言葉だ。算盤を弾いた。一枚が十文ならば四十八両で、濡れ紙と合わせても五十一両だ。十一文では、しめて五十六両ほどとなる。

「十二文となれば、濡れ紙と合わせて六十一両ほどです。桜井屋への返済六十五両を考えると四両の損失となります」

「同額で割り引く金子を出すとなると、さらに手取りは減るな。それは厳しいぞ」

洲永の計算に対する、井尻の言葉だ。

利益がないのは仕方がないとしても、割り引く金額によっては、十両近い損失になってしまうかもしれない。

「十三文でしたら、六十二両を超します。濡れ紙分を足せば、当家に利はありませんが、損失は最小限に抑えられまする」

源之助が続けた。もちろんこの計算は、銭相場によって微妙に変わる。

「やはり十三文が仕方のないところでは。四十束がはければ、濡れていない紙三帖《さんじょう》が残ります。これは濱口屋や桜井屋に、無理にでも十五文で買わせればよろしいかと」

塩や荷船の問屋でも、紙は使うという考えだ。

杉尾は、十三文をぎりぎりの値として売ろうとしてきていた。柏木屋以外でも、紙屋では、十四文で話がつく寸前までいった。

「十三文というのは、断腸《だんちょう》の思いだが」

「しかし落札できなければ、元も子もござらぬ」

青山と源之助は慎重なことを口にした。

「しかし利がないというのは」

井尻は、気持ちが治まらないようだ。

「決めるのは明日でもかまいませぬ。もう一度考えましょう」

植村が引き取った。決めるのは、明日でもいい。岡部藩が入用なのは四十束だから、一文でも違えば五両近く違ってしまう。上げるのも下げるのも難しかった。

二

翌早朝、杉尾は橋本と共に屋敷を出て、浜松藩上屋敷へ向かった。霜柱《しもばしら》の道を歩くと、さくさくと小さな音がした。風は冷たいが、気持ちが昂《たかぶ》っているので寒いとは感じなかった。

門番に尋ねると、仲津はまだ外出していないという話だった。昨夜も出かけてはいない。

「では、待つとしよう」

知り合いの藩士がいるから、屋敷内に入ることはできる。けれどもそれはしなかった。外で待つことにした。まずはどこへ行くか確かめる。

半刻ほど待ったところで、仲津が潜《くぐ》り戸《ど》から出てきた。すぐに深編笠《ふかあみがさ》を被《かぶ》った。周囲に目をやってから歩き始めた。

杉尾と橋本は、充分に間を空けてつけて行く。

仲津は迷う様子もなく歩いた。晴天で道の霜柱が融《と》け、歩きにくくなった。とはいえ師走も半ばを過ぎて、人の通行は多かった。正月のためのへぎ盆《ぼん》、鏡餅《かがみもち》の台、三方《さんぼう》、餅の焼《や》き網《あみ》といった品を売る露店も出ている。

「この道は、江戸橋へ向かっていますね」

「うむ。植垣屋へ向かっているのであろう」

行き先の見当はついていたが、やはり予想通りだった。

「植垣屋に、金を出させるつもりですね」

「そうはさせるものか」

橋本の言葉に、杉尾は頷いた。

「先回りをいたしましょう。植垣屋に入られる前に」

「直前にしよう。あやつ、慌てるぞ」

違う道を使って、小舟町二丁目に急いだ。

植垣屋は、いつものように商いをしている。紙を商う店だからか、歳末だからといって客が集まるわけではないらしかった。中を覗くと、主人の佐治兵衛と番頭の猪吉が大福帳《だいふくちょう》を開いて、何やら打ち合わせをしていた。

「腹立たしいですねえ」

その様子を見て、橋本が言った。してやられたという気持ちがあるからだが、杉尾にしても同じだった。

河岸道にある物置小屋の陰に隠れて、仲津が現れるのを待った。

「来ましたね」

橋本は言った。さして間は空いていない。深編笠を被っていても、着物の柄などから、仲津であることはすぐに分かった。

仲津は、植垣屋の前で立ち止まった。杉尾と橋本は、その少し前に道に飛び出していた。

「これは仲津殿、奇遇ですな」

橋本が声をかけた。植垣屋の敷居を跨《また》ごうとしていた仲津は、足を止めた。

「ああ、そこもとは」

驚いた様子で、杉尾と橋本の顔を見た。

「この店に、何かご用でござったか」

杉尾は、笑顔を拵《こしら》えて問いかけた。返答によっては、さらに尋ねるつもりだった。

「あっ、いや。そうではござらぬ」

「それはそうでしょうな。この店は浜松藩の御用達ではないと存ずるが」

「もちろんでござる」

「ここは当家で、紙を仕入れた店でござる。今は難渋《なんじゅう》をしておりますがな」

わざとそう告げた。入りにくくしたのである。

「そういえば、小原紙《おばらがみ》を仕入れたということでしたな」

初めて見るような顔で、店に目をやった。白々しいやつだとは思うが、それは顔に出さない。

「足をお止めし、ご無礼をいたした。どうぞ参られよ」

下手《したて》に出た口調で、杉尾は言った。

「それでは」

わずかに不満そうな顔をしたが、仲津はそのまま歩いて行った。

「いい気味ですね」

後ろ姿を見つめながら、橋本が言った。

「この後だ。やつはまた戻ってくるぞ。我らがいなくなる頃を見計らってな」

「このまま、見張り続けるしかありませんね」

「まあそうだ。しかし寒空、外で見張ることはないぞ」

「えっ」

「店の中で待とう。仲津が現れるのを待つと、そのままに言えばいい」

「なるほど。不審には思っても、前のことがありますから、追い出すわけにはいきますまい」

それで二人は、植垣屋の店の中に入った。

「ちとこの場で、人を待たせてほしい。商いの邪魔はいたさぬ」

杉尾が言った。誰を待つのかの説明はしなかった。もちろん佐治兵衛や猪吉は、歓迎はしない。しかし駄目だとも言わなかった。

店の隅に陣取《じんど》った。外から見て、いることが分かる場所だ。

洲永は、再度高砂町の福田屋へ行った。手代の口ぶりから、ここが一番強い思いで入札に当たろうとしていると感じたからだ。

「額はともかく、一番安値をつけそうだ」

とはいえ入札額を、問われて口にするわけがなかった。ただある程度の見当はつけたかった。

そこでやや離れた町にある同業の店へ行った。

「ええ。福田屋さんでは、お大名家へ品を卸すための入札に加わるということでしたね」

そこの手代は、岡部藩の入札のことを知っていた。福田屋と親しいわけではないらしいが、商売敵《しょうばいがたき》の動きには敏感らしかった。

「この程度の紙だと、いくらが妥当か」

小原紙を見せて尋ねた。もちろんじっくり検《あらた》めさせた後でだ。

「ぜひにも落札したいかどうかによりますが」

手代は首を傾《かし》げた。

「ぜひにもの場合だ」

「それですと、十三、四文かと」

おおよそのところだとした上での額だった。

何軒か、他の紙問屋へも行った。

「入札の額というのは、加わる店の事情にもよりますので、何とも」

答えない店もあったが、話した店では、おおむね同じような返答だった。

その日の夕刻。正紀は再び佐名木と井尻、青山と源之助、植村、洲永を御座所に呼んだ。いよいよ、入札額を決めなくてはならなかった。

杉尾と橋本はまだ戻らない。二人は植垣屋を見張っているはずだった。

洲永が、今日歩いて見聞きしたことを伝えた。

「入札の額については、やはり一枚十三文がよいところではないでしょうか」

青山が口にした。反対する者はいなかった。

「十四文としたいところだが、仕方がないでしょうな」

未練がましく井尻が呟いた。

「同額の場合は」

割り引く金額を書き込んでおかなくてはならない。

「五両でいかがか」

青山が言った。

「いや、三両でよかろう。それ以上では、損失がさらに大きくなりまする」

井尻の意見が通った。

町木戸の閉まる四つ（午後十時頃）を過ぎた頃、杉尾と橋本が戻ってきた。

「仲津は何度か植垣屋に入ろうとしましたが、できませんでした」

「呼び出したりはしなかったのか」

「それはあったようです。しかし佐治兵衛や猪吉が店を出るときは、それがしらのどちらかが分かるように後をつけました」

　向こうは不審に思っただろうが、何かを言うわけではなかった。

「では、繋《つな》ぎは取れなかったのだな」

「そうだと存じます」

「ならばそれでよい。ご苦労であった」

　正紀は二人をねぎらった。


　正紀の御座所を出た佐名木は、執務部屋へ保科を呼んだ。部屋住みの者がいきなり江戸家老に呼ばれておどおどしている、そんな様子だった。

「その方《ほう》は昨日、植村と洲永をつけ、その廻った先について浜松藩の仲津に伝えたな」

　責める口調にはしていなかったが、余計なことをしてくれたという気持ちはあった。

「ま、まさしく」

　なぜ知っているのかと、驚いたらしかった。背筋をぶるっと震わせた。

　高岡藩でしていることを、本家とはいえ浜松藩の者に伝えた。誰の断りもなくだ。

どのような事情があったにしても、褒《ほ》められた話でないことは本人も分かっているらしかった。

「仲津に話したことを、申してみよ」

「小原紙の販売についてでございます」

廻った店はすべて、武蔵岡部藩の御用達だった。藩札の書き換えで新たな紙が要る。その入札について、植村や洲永が関わる店に出向いて問いかけをしたことが分かった。

「岡部藩への入札に、小原紙を使おうとしていることに気づき、それを仲津に伝えたわけだな」

「さようでございます」

保科はあっさりと認めて、頭を下げた。なぜ佐名木が知っているかについては、問いかけてこなかった。ただ畏《おそ》れ入っている様子だった。

「植村と洲永をつけたわけを申せ」

「売りそこなった小原紙をどうするか、気になっておりました。二人がそのために出たのは分かっていましたので、後をつけました」

「藩のすることに、不満があったのか」

「めっそうもありませぬ。ただ洲永殿のことが、妬《ねた》ましゅうございました」

その気持ちは、分かる気がした。井上家中に生まれながら、己は部屋住みのままだ。洲永は余所者《よそもの》だという気持ちがあるのだろう。

「なぜ仲津に、伝えに行ったのか」

「お声掛けをいただきました。当家のことが、案じられると仰せになりました」

「それだけではあるまい」

仲津の言葉を、保科がどこまで信じたかは分からないが、それだけでは益《えき》がない。

「ははっ」

保科はわずかに躊躇《ためら》いを見せてから続けた。

「浜松藩内で、婿の口を探すと仰せになりました」

「浦川殿が、口を利くという話だな」

「さようで」

そんなところだろうと思った。

「よいか。以後小原紙について知ったことがあっても、家中以外の者に伝えてはならぬ。心いたせ」

これは厳しめに言った。

「ははっ」

保科はもう一度、深く頭を下げた。

三

翌日の昼四つ（午前十時頃）前、佐名木は杉尾と橋本を伴《ともな》って、永田馬場脇の岡部藩上屋敷へ向かった。紙の納入業者としての訪問だから、潜り戸から入った。

屋敷出入りの商人を待たせるための、十六畳ほどの板敷の部屋に通された。

「ほう」

すでに三軒の商家の者たちは、姿を見せていた。主人と手代といった見た目だった。待っていた者たちは、武家が現れたことに驚いたらしかった。とはいえ、誰も声は出さない。入札の行方を気にしているのだと思われた。佐名木ら三名は、一番後ろに腰を下ろした。

そして刻限になると、襖《ふすま》が開かれた。その向こうは十畳の畳の敷かれた部屋だった。待つほどもなく、江戸家老の荻原兵三郎と勘定方とおぼしい侍四名が現れた。

「ただ今より、当家藩札のための紙の入札をおこなう」

勘定方の中年の侍が声を上げた。居合わせた商人たちは、頭を下げた。

「落札が決まった者は、明後日《あさって》には搬入をいたさねばならぬ。支障はないな」

それに応《こた》えて、一同は頭を下げた。佐名木も大名家の江戸家老としてではなく、入札に加わる者の一人としてこの場にいた。

「では、金額を記した書状を集めたい」

その言葉で、下役が盆を手にして集まった者の間を回った。待っていた主人が、持参した書状を載せた。書状には、屋号と金額、同額の場合の割り引く金額を記した上で、封がなされている。

一同はその様子を、固唾《かたず》を呑んで見守る。

盆は、荻原の膝の前に置かれた。荻原は盆の上の書状を検《あらた》めたところで、勘定方へ回した。

勘定方はうやうやしげに、盆を受け取った。

そして盆の中の一通を手に取った。封を切って声を上げた。入札額は、紙一枚分の値を記している。

「牧村屋、十五文」

室内に声が響いた。誰かがため息をついた。割安にはしていなかった。驚くような値ではない。

勘定方は、二枚目を手に取った。

「福田屋、十四文」

そう告げられると、牧村屋の主人の背中から力が抜けたのが分かった。福田屋としては、精いっぱいの値をつけたのだと察せられた。

「玉川屋、十三文」

これを聞いた橋本が、「うう」と呻《うめ》き声を漏らした。

「おおっ」

と声を上げた者もいた。どこよりも泰然《たいぜん》としていると思われた玉川屋が、勝負の値をつけてきた。これは佐名木にしても意外だった。

そしていよいよ、佐名木が出した書状が手に取られた。玉川屋他の背中が、わずかに強張《こわば》ったように感じた。とはいえ誰も振り向かない。次の言葉を、じっと待っていた。

「井上家、十三文」

入札に加わった者全体に、小さな動揺があった。とはいえ岡部藩の者たちは、淡々《たんたん》と事を進めてゆく。

「同額の二軒について、割引の額を伝える」

これで座はしんとなった。

「玉川屋二両、井上家三両」

言い終わらないうちに、いくつものため息が漏れた。橋本は、しきりに洟《はな》を啜《すす》っている。佐名木にしても、安堵《あんど》はあった。年の瀬に、懸案が一つ片付く。

正紀は、井尻や青山らと佐名木の帰りを待っていた。洲永も、気を揉《も》んでいるだろう。

朝から落ち着かない気持ちだったが、それはもう一つ気がかりがあったからだ。この二日ほど治《おさ》まっていた清三郎の微熱が、また現れ出てきた。京の微熱も続いていて、顔色もよくない。疲れが溜《た》まっているのだ。

佐名木らが戻ってきた。

「岡部藩の藩札用の紙については、当家が落札いたしました」

報告を受けて、正紀は胸を撫で下ろした。

「浦川がこれを耳にしたら、さぞ悔しがるでしょうね」

保科には、仲津へ知らせに行くことは禁じていた。屋敷から出させない。とはいえそれでも、入札の結果やその後のことは、参加した三つの店へ行けば聞き出すことができるはずだった。

「まことに。あの者は、殿に対してよからぬ企《たくら》みをいたしますからな」

源之助の言葉を受けて、井尻がいかにもいい気味だと言わんばかりの表情で続けた。

浦川の配下の仲津丈作は、植垣屋を使って、こちらを罠《わな》に嵌《は》めた。確証はないが、状況としてはそれ以外に考えられない。

小原紙について決着がついたことは、すぐに藩士一同にも伝えられた。

「あ、ありがたきこと」

洲永が、嗚咽《おえつ》に近い声を漏らした。この額ならば、損失は最小限に抑えられた。このことは、京にも伝えた。

「よろしゅうございましたね」

久々に、口元に笑みを浮かべた。藩士たちの安堵した様子を話してやると、何度も頷いた。案じていたことの一つが、片付いたことになる。

四

翌日、正紀は源之助と植村、杉尾と橋本、それに洲永を伴って、亀戸の下屋敷へ足を運んだ。紙の管理については慎重を期していたが、念を入れて確かめに出向いたのである。

曇天で今にも降ってきそうだが、まだ雨は落ちてこない。風は膚《はだ》を切ってきそうな冷たさだった。

上屋敷のある下谷から亀戸は、悪天候の中では遠く感じた。

「一枚でも、濡れ紙や汚れなどの瑕疵《かし》があってはならぬからな」

「はっ」

搬入の折は雨で、濡れ紙を出した。二度とあってはならない。

「空模様は、どうなるか分かりませんね」

洲永が空を仰《あお》いだ。寒いのは仕方がないが、曇天で明日の天気は分からない。

「降れば雪になるのでは」

と口にしたのは植村だった。

下屋敷に着いて、熱い白湯《さゆ》を飲んでから、すぐに仕事にかかる。分担して、箱の中の紙をすべて検《あらた》めた。

「一枚も、おかしなものはありませんね」

源之助が言った。ほっとしている。

荷船の手配を済ませ、油紙の用意もさせた。油紙は晴れれば無駄になるが、それは厭《いと》わない。

十間川で荷船に載せ、竪川から大横川《おおよこがわ》へ入る。菊川橋《きくかわばし》下の船着場で荷下ろしをして、陸路を荷車で深川富川町《ふかがわとみかわ》の岡部藩下屋敷へ運ぶ。

杉尾と橋本が、道筋を確認した。

門内に運び入れるまでが、高岡藩の役目だった。明日、荷を運ぶのは、前回と同じ者を充《あ》てると伝えた。保科と西門も入る。

すると洲永が、何か言いたそうな顔をした。

「申してみよ」

「保科殿と西門殿は、手を抜きまする」

輸送の人員から外せとの申し出だ。前回の濡れ紙の原因だと言いたいらしい。嫌がらせをされた恨みがあるのかもしれない。

とはいえ、正紀はそれを受け入れるつもりはなかった。

「ならぬ。あの者たちは、その方《ほう》と同じ井上家の家臣だ。丁寧な仕事をさせればよい」

洲永は驚きを顔に浮かべ、それ以上は言わなくなった。

「その方と同じ」

という言葉に、反応したのだと感じた。輸送に関わる者は、この日のうちに下屋敷に来させて、泊まらせることにした。保科や西門らである。雪になれば、移動に手間がかかる。正紀たちも、このまま下屋敷で一晩を過ごす。

そのとき、所用のため下屋敷に遅れてやって来た青山が、思いがけないことを口にした。

「本日、本家浜松藩の藩医半田玄春殿が、仲津丈作に伴われて藩邸に参りました」

「ほう」

「清三郎様の見舞いだそうで」

容態を案じた正甫の命で来たとなると、追い返すわけにはいかない。

四半刻ほどで引き上げたというが、仲津は診察が終わるまでの間、顔見知りの藩士と話をしていたとか。

「探りに来たのだな」

清三郎の容態がよくないのは、分かっているはずだ。その上でのことだろう。

「保科と話をしたか」

「いえ、保科は長屋から出ませんでした」

その答えを聞いて正紀は安堵したが、青山が眉《まゆ》をひそめながら続けた。

「ただ、紙のことは、耳にしたかと存じまする」

「そうか」

高岡藩士でも、浦川の企《たくら》みや仲津の役割について、知らない者は少なくない。悪気はなくても、話してしまったかもしれない。

この日も夕方になってますます冷えた。夜中、正紀は雪隠《せっちん》に起きると、雪が降り始めていることに気づいた。


翌朝目覚めると、庭は雪に覆《おお》われていた。夜が明けても、まだ降り続いていた。

寒気がいちじるしいが、朝飯を済ませた一同は荷運びを始める。

「洲永の姿が見えませぬ」

と告げてくる者がいた。

「逃げたのでは」

「運び終えた頃、姿を見せるのでは」

保科と西門が言った。そこへ雪まみれになった洲永が現れた。赤い顔をしていた。

「荷船に雪が積もっていましたゆえ、払っておりました」

雪でも濡れれば、染みが出来るとの配慮だ。万全を期さねばならないという気持ちからだろう。

「よし、出かけよう」

降る雪の中で、荷運びが始まった。早めの出立《しゅったつ》とした。

「重いな」

新雪の中での荷車による輸送は手間がかかった。雪を踏みしめて行く。

二艘の荷船に載せ終えると、洲永が縄をかけた。念のためだ。そして正紀をはじめとする一同も乗り込んだ。荷船が船着場から滑り出た。

「無事に運び終えねばなりませぬ」

青山が正紀に言った。

五

二艘の荷船は、大横川に架かる菊川橋下の船着場に接岸した。岡部藩下屋敷に、最も近い船着場だ。しんとして、物音は一切聞こえない。

雪のせいか、あたりに人気《ひとけ》はまったくなかった。足跡も窺えない。艫綱《ともづな》が杭《くい》に掛けられた。

「荷下ろしを始めるぞ」

正紀が声をかけた。

一同は、油紙を掛けた木箱を運び始めた。

「足を滑らせてはならぬぞ」

青山が、注意の声を上げた。

正紀は、河岸道の周辺に目をやった。物陰に、人の気配を感じたからだ。一人や二人ではない。

最初の荷が船着場へ下ろされたところで、七、八名の覆面の浪人者が現れた。すべての者が、顔に布を巻いている。腰の刀に手を添えていた。

「何者だ」

気づいた源之助が叫んだ。それで浪人者たちは、刀を抜いた。

荷下ろしの邪魔をしようという者たちだ。

さらにそこへ、破落戸《ごろつき》ふうを乗せた二艘の舟も現れた。どしんと振動があって、水《み》飛沫《しぶき》が散った。

現れた舟は、船首をこちらの二艘にぶつけた。

「荷運びを止《や》めよ」

正紀が命じた。

ひと箱でも水に落とせば、品を納めたことにはならない。いや一枚でも、傷つけたり濡らしたりすることはできなかった。それは藩士たちも、よく分かっている。

「おのれっ」

荷から手を離した藩士たちは、怒りの中で刀を抜いた。

最初に飛び出した浪人者が、まだ抜刀《ばっとう》できずにいた藩士の一人に斬りかかった。

藩士はかろうじて避けたが、体がぐらついた。積もった雪で、足を踏ん張れない。

「やあっ」

浪人者は止《とど》めとなる一撃を、首筋めがけて振り下ろしたが、踏み込んだ源之助が撥《は》ね上げた。休まずその小手に、突きを入れた。

「わあっ」

切っ先は見事に手の甲《こう》に刺さって、浪人者の刀が、降り落ちる雪の中に飛んだ。源之助はその行き先には目もくれず、他の浪人者たちに向かっていく。

その間にも、浪人者たちは藩士たちに斬りかかる。応戦に当たるが、藩士たちが気になるのは、まだ荷下ろしがされていない船上の荷だった。

いきなり現れた舟が、船首をぶつけた。荷船は大きく揺れたが、横転するほどではなかった。

ただ、事はそれで済んだわけではなかった。現れた二艘には、それぞれ五、六人の破落戸ふうが乗っていて、すべての者が先端部分に尖《とが》った鉤《かぎ》のついた突棒《つくぼう》や刺股《さすまた》を手にしていた。

こちらの舟へ移るのではなく、しきりに得物《えもの》を突き出してくる。奪うのではなく、荷を傷つけようとしているのだと気がついた。

ひと箱でも水に落とされてはならないが、傷つけられるだけでも輸送の意味がなくなる。船上の藩士たちは、これを払うのに精いっぱいだった。

「おのれ賊徒《ぞくと》どもめ」

杉尾や橋本ら藩士たちは、向こうの狙いが分かるから、狙い通りにはさせない。洲永が突き出された突棒を摑《つか》んで、力の限り引いた。

「わあっ」

雪の降る川面《かわも》に、破落戸は落ちた。こちらも気合が入っている。

船着場にいた源之助は、浪人者を斬り倒した。容赦《ようしゃ》はしていなかった。五分の争いだが、こちらは守らなくてはならない荷があった。

正紀は、周りの情景に目をやった。そして土手のところで、指図をする侍がいることに気がついた。覆面で蓑笠《みのかさ》を着けているが、主持《しゅうも》ちの侍だと分かった。

荷を傷つけさせることはできないが、守りは家臣に任せて、正紀はその指図役とおぼしい侍に打ちかかることにした。この侍を倒せば、浪人者や破落戸たちは逃げ出してゆくに違いない。

刀を抜いた正紀は、蓑笠を着けた侍に近づいた。気づいた侍は逃げようとしたが、正紀は河岸道に上がる道を塞《ふさ》いだ。

向き合った相手は、刀を抜いた。憎悪の目が、向けられている。

「覚悟っ」

耳のあたりを目指す一撃が、雪を撥ね散らして襲ってきた。迫ってくる刀身に、ぶれはない。

その動きだけで、修練を積んだ者だと正紀には分かった。

とはいえ討たれるわけにはいかない。前に踏み出して、迫ってきた刀身を撥ね上げた。すると相手の刀身が、待っていたようにずれて、角度を変えて襲ってきた。

無駄のない動きだ。

正紀はこれも撥ね上げて、迫ってきた小手を狙った。足場が雪で滑りやすいから、できるだけ大きな動きは避けるつもりだった。

相手は突き出した切っ先を払って、逆にこちらの肘《ひじ》を突いてきた。正紀は相手の左横に回り込んで、刀身を振るった。二の腕を斬る狙いだった。

けれども相手の体は、斜め後ろに引かれた。こちらの切っ先がぎりぎりで届かない位置だった。

前に踏み込もうとすると、相手の刀身がこちらの脳天に迫ってきた。

勢いがついている分、向こうの動きの方がわずかに速い。正紀は、相手の刀身を横に払った。

すると相手の刀身はくるりと小さく回転して、こちらの肘を目指してきた。動きが止まらない。真剣の扱いに慣れていた。

正紀はこの一撃も払った。それで相手は、いったん刀身を引くかと考えたが、逆の動きをした。

ぶつかった刀身を、そのまま力で押してきた。膂力《りょりょく》にも自信があるらしかった。

剛腕だが、正紀は相手の斜め横に回り込んで刀身を外した。押し合いになれば、滑る虞《おそれ》があった。

相手はそれでも押してくる腹だったらしいが、それは胸の内に焦《あせ》りがあるからだと正紀は察した。

そうなると気持ちが落ち着いた。

正紀は切っ先で、肘を突く動きに出た。嫌がった相手は、それを払った。

「やっ」

前に出た小手を目指して、正紀は打ちかかった。

相手はこちらの切っ先を払おうとして、刀身を前に出しながら足を踏み出した。ほぼ同時に正紀は、体を横に飛ばしている。

迫ってきた刀身は、空を斬った。

相手の体が、それで前屈《まえかが》みになった。足を踏ん張ろうとしたが、下は雪だった。すぐには勢いを止められない。

「たあっ」

正紀はその肩めがけて、一撃を振るい落とした。殺すつもりはなかったから、寸前で峰《みね》に返した。

こちらの刀身は、相手の鎖骨《さこつ》を砕《くだ》いた。

「ううっ」

蓑笠の侍は、前のめりになって正紀の足元に倒れた。

顔の布を剥《は》いだ。予想通り仲津丈作だった。

洲永は船上にいて、ぶつかられた衝撃を、船端《ふなばた》にしがみついてやり過ごした。船端に積もった雪で手が滑りそうになったが、体全体の重みをかければ水面《みなも》に飛ばされずに済んだ。それよりも荷が水に落ちないかと、そちらが気がかりだった。

荷に縄をかけたのは、無駄ではなかった。

川に落ちさえしなければ油紙に包まれているから、一度や二度の水飛沫程度では濡れることはない。今回は、念入りに梱包《こんぽう》をしていた。

揺れがまだ収まらないうちに、突棒《つくぼう》が突き出されてきた。破落戸《ごろつき》たちは、こちらの荷船に乗り移ってくるわけではなかった。先端に尖った鉤《かぎ》のついた突棒を手にしていて、荷を突こうとしていた。

一突きでも、許すわけにはいかない。

初めの一撃は刀で撥ね上げたが、すぐに二の突きが迫ってきた。これは下へ払ったが、きりがないと感じた。

刀を下に置いて、次に突き出された突棒の鉤のない部分を両手で摑んだ。

「邪魔などされてなるものか」

捩《ね》じりながら渾身《こんしん》の力をこめて突棒を引いた。すると相手の体が前に飛び出し、水に落ちた。

しめたと思ったが、すぐに次の突棒が押し寄せてきた。これも柄《え》を摑もうとして躱《かわ》したが、金具の部分の先が、荷に当たった。油紙が破られ、木箱を掠《かす》ったのでどきりとした。

必死で柄を摑んだ。

これも力の限り引いて、相手を水に落とした。

飛び出してくる突棒や刺股《さすまた》を払っているのは、洲永だけではなかった。揺れる船上で踏ん張っているのは、保科や西門ら他の藩士も同様だ。

保科はいつの間にか隣にいて、憤怒《ふんぬ》の形相《ぎょうそう》で突棒を払い上げたところだった。

「この野郎」

破落戸に、怒りの言葉を向けている。

その直後のことだ。保科の脇腹をめがけて、突棒の先が横から飛んできた。本人はまだ気づいていない。

「避けろ」

洲永は叫んで、手にしていた奪った突棒でそれを撥ね上げた。保科は突かれずに済んだが、無理な姿勢だった洲永は体の均衡《きんこう》を崩していた。おまけに足も滑らせた。

立っていられない。船端にしがみつこうとしたそのとき、思いもしない角度から刺股が飛び出してきた。

「うわっ」

払おうとしたが、足に力が入らない。刺股の先端の金具が脇腹を抉《えぐ》っていた。肋《あばら》骨《ぼね》も折れた感触があった。

「ううっ」

激痛が全身を駆け抜けた。そのまま川に落ちた。


正紀は洲永が川に落ちる様子を、離れたところから見ていた。すでに浪人者たちの何人かは倒され、逃げ出した者も出ていた。

破落戸たちの乗った舟も、形勢が悪いと見てか、洲永を落とした後で、逃げ出そうとしていた。川に落ちた破落戸のうちで泳げる者は、対岸へ逃げて行く。

「救え。洲永を死なすな」

正紀は叫んだ。脇腹を抉《えぐ》られた洲永は、泳ぐことができない。そこで刀を船上に残して真っ先に川に飛び込んだのは、我に返った保科だった。

保科は一瞬呆然《ぼうぜん》としていたが、すぐに我に返ったらしかった。刀を捨てて、川面に飛び込んだ。洲永が川に落ちた理由が、分かるらしかった。

すぐに洲永の腕を摑んだ。必死の泳ぎだ。

「これに摑まれ」

突棒を差し出したのは西門だった。

船上の藩士たちは、洲永を掬《すく》い上げた。破落戸たちが逃げる舟は追わなかった。洲永を救うことを優先させた。

賊がいなくなったところで、荷は岡部藩下屋敷に運ぶ。怪我《けが》をした洲永と仲津は、空になった荷船で高岡藩下屋敷へ運ばせた。捕らえた浪人者と破落戸も同様だ。

杉尾と橋本の先導で、岡部藩下屋敷の門前まで荷を運ぶ。雪はまだ止《や》まない。正紀を含めた全員が、荷車を押した。

門前で停まると、青山が門扉《もんぴ》を叩いた。

「高岡藩が、藩札用の紙をお届けに参った」

門扉が、軋《きし》み音を立てて開かれた。岡部藩の藩士たちも、姿を現した。その中には、江戸家老荻原の姿もあった。

土蔵内に運ばれると、中身が検められた。

「瑕疵《かし》のある紙は、一枚もござらぬ」

すべての箱を検めた荻原が、そう告げた。

納品が、無事に済んだのである。一同は、高岡藩下屋敷に戻った。

六

正紀が高岡藩下屋敷に戻ったときには、呼び寄せた医師によって、怪我をした藩士及び襲ってきた者たちの手当てがおこなわれていた。

「洲永の具合はどうか」

正紀がまず気になったのはそれだった。保科の危機を救って、己が敵の破落戸《ごろつき》に突かれたのである。大怪我をして、雪降る冷たい川に投げ出された。

体と髪を拭《ふ》いて、乾《かわ》いたものに着替えさせた。慎重な消毒をおこなった上で、何針も縫う手当てとなった。

「重傷ではありますが、腸《はらわた》を傷つけてはおらず、命に別状はないかと」

界隈《かいわい》では名医とされている蘭方医《らんぽうい》が言った。

洲永は、まだ意識がないままに眠っている。その枕元にいたのは、案じ顔で見つめる保科だった。

「それがしは、この者に救われました」

嫉《そね》む気持ちがあって、難癖をつけた。藩のためではあるので、紙の輸送には、渋々加わった。気に入らなくて、何をしているのか後をつけたこともあった。

けれども今日は、洲永に命を救われた。思いがけないことだったと告げた。

「それで救わんとして、自ら雪の降る川に飛び込んだのだな」

「ははっ」

正紀の問いかけに、保科は答えた。今は、洲永の回復を願っている。

「うむ。それでよかろう」

正紀は、言葉を返した。新参者だとか外様だとか言われて、洲永は冷ややかな目で見られていたが、家中の者と心を繫げることができた。

「それでいい。金子を得るに勝《まさ》るものだ」

次に捕らえた浪人者への問い質《ただ》しを、青山がおこなった。正紀はそれに立ち会った。

「東両国《ひがしりょうごく》でたむろしていたら、商人ふうに声をかけられた」

昨日の夕刻のことだ。殺さなくていい、斬りかかって、荷の一つを川に落とせばそれでいいと告げられた。それだけで、数日酒が飲める金子を得られるという話だ。迷うことなく仲間に加わったのである。

商人は、三十代半ばの歳だったとか。破落戸にも問いかけをしたが、声をかけてきたのは、同じ者だと推量できた。

正紀は源之助と植村を、植垣屋まで走らせた。番頭猪吉を連れてくるように命じたのである。他に思いつく者はいなかった。

そして破落戸たちへの問い質しをさらに続ける。怪我人には応急手当てはしてやっている。川に落ちた者には、乾いた古着を与えていた。

「へえ。銭を貰って、あの舟に乗りやした」

と自白した。寒さと何をされるか分からないという恐怖で震えている。青山は、かまわず続ける。

「乗り込んだ舟は、竪川の大横川に近い船着場に停まっていました」

「そこに蓑笠を着けた主持ちの侍と商人ふうがいたわけだな」

「いや、商人ふうはいなかった。侍だけがいて、半金を貰った。残りは終わってからという話だった」

突棒などは、すでに用意をされていた。荷船に積まれた木箱を、一つでも川に落とすなり傷つけるなりすればいいと告げられていた。

それならば容易《たやす》いと考えたようだ。

源之助と植村が、猪吉を連れてきた。渋ったらしいが、問答無用で引っ張ってきた。

「間違いなく、この者だった」

「へえ。こいつが、声をかけてきやした」

猪吉を目にして、浪人者と破落戸は答えた。それを聞いて、蒼《あお》ざめた顔で猪吉は白状した。

「私どもは、もう関わりたくはありませんでした」

ただ浜松藩の御用達を受けたかったから、小原紙の企《たくら》みに加わった。具体的に指図をしてきたのは、仲津だった。高岡藩が小原紙を初めに売ろうとした柏木屋のことは、仲津が高岡藩士から聞き出した。それが誰かは猪吉には分からない。

「仲津様からのお指図で、私どもが柏木屋さんへ話をつけました」

一枚につき一文安くすると伝えたら、乗ってきた。一文でも四十五束《しじゅうごそく》なら、違いは大きい。

名古屋から新たな荷が入ることは、伝えられていた。今回の岡部藩への輸送についても、仲津から頼まれて動かないわけにはいかなかったと猪吉は答えた。

「尾張城下の本店《ほんだな》は、承知だったのか」

「いえ、私の一存で」

「主人の佐治兵衛は、存じていたな」

「六万石の浜松藩御用達に再びなれれば、それは大きなことでございます」

それから仲津丈作への問い質しをおこなった。鎖骨を砕かれて、苦痛の表情だったが、手加減はしない。

「殺せ」

初めは、そう口走っていた。しかしその言葉は受け入れられない。浪人者や破落戸たちの証言があり、猪吉が白状したことを知ると、仲津は肩を落とした。

「御手伝普請があって、高岡藩の財政は元のようになってしまった。ここで正紀様がしくじれば、家中の者からの信頼は崩れると考え申した」

禄米の借り上げは、藩士たちにとっては大きい。表向き口にしなくても、恨む者はいた。

「浦川様の命ではないのか」

青山は、当然のこととして問いかけた。

「いや、それがしの一存でござる」

「そのようなことはあるまい。伝えていたのではないか」

「いや、まことに」

浦川も小原紙のことは知っていたが、それは一門が集まって、正紀が話したからだった。それ以上のことは、浦川の耳には入れていない。

仲津は最後まで浦川を庇《かば》い通した。

こうなると浜松藩には、他に関わった者がいないことになる。他の証言がない以上、どうすることもできなかった。

事実を伝えた上で、浜松藩へ引き渡すしかなかった。処罰は浜松藩がおこなう。

植垣屋については、高岡藩は振り回された。けれども商売上では、明らかな不正があったわけではなかった。

猪吉が仲津の依頼を受けて浪人者や破落戸を手配したのは、悪事に加担したことになるが、それで今、金銭的な利益を得るわけではなかった。とはいえ浜松藩には伝えるので、植垣屋を御用達にすることはできなくなる。浦川の動きは、分家の高岡藩や下妻藩が見ている。

また、当然この一件は睦群には報告することになるので、睦群を通して宗睦に伝わり、植垣屋は尾張藩の御用達からも外されることになるだろう。

これらによって、植垣屋は充分報《むく》いは受ける。正紀としては、それ以上は何もしないことにした。

七

翌日の正午過ぎ、正紀の御座所へ佐名木と井尻が顔を見せた。昨日降っていた雪は止《や》み、上天気だった。

井尻は算盤を手にしている。小原紙の売買に関する一件は落着したが、それで事が済んだわけではなかった。腰を下ろした井尻は、早速算盤を弾《はじ》いた。

「昼前に、桜井屋への返済を済ませましてございます」

「それは何よりだ」

井尻は、最終の結果を伝えに来たのだ。

「高岡藩では、収支はほぼ同じでございました」

銭相場で換算した額で、割引の三両分も差し引いたところで受け取る額が決まった。

「得も損もなかったわけだな」

「いえ。銀三十匁《もんめ》の利が出ました」

「ほう」

「濱口屋と桜井屋が、残った三帖分の紙を銀三十匁で買い取ってくれました」

「なるほど。それくらいはよかろう」

「当然でございます」

面白くもないといった顔で、井尻は答えた。

「大騒ぎをして、銀三十匁か」

「それでもないよりはましでございましょう」

佐名木が言った。

「利息返済の足しにいたしまする。苦しみをわずかでも少なくするためには、これから稼ぐしかありませぬ」

井尻は商家の番頭のような物言いをした。

「まったくだが、何ができるか」

今回は空回りとなったが、ぼんやりはしていられない。年明け早々には、動くつもりだった。

「次は、借金を増やさぬように」

釘を刺された。

「洲永の様子はどうか」

重傷の洲永は、下屋敷にいる。戸板を使っても、まだ上屋敷へは移せない。

「今朝は、目を覚ましたようです」

佐名木が返した。

「それは重畳《ちょうじょう》」

「その折、枕元に登茂殿だけでなく保科もいたので驚いたようです」

保科は、看護のためにそのまま下屋敷に残った。部屋住みの保科には、お役目はない。傍《そば》についていられた。登茂は昨日のうちに、下屋敷へ駆けつけていた。

「わだかまりは解けたのか」

「そのようで」

井尻は、ほっとした顔で頷いた。

「洲永を見る家中の者たちの目が、変わったということでしょう」

「ならばこの度の売買は、意味があったのではないか」

佐名木の言葉に、正紀は返した。

「さようですな」

そして佐名木は、本家浜松藩にいる昵懇《じっこん》の者から知らせがあったと続けた。浦川は、年内にも仲津に腹を切らせる方針だというものだった。分家の荷運びの妨《さまた》げをし、刀を抜いて捕らえられた。当然の成り行きといえた。

「命じていたとしても、そうするしかないであろうな」

「仲津家は取り潰しにはなりませぬので、弟が家督を継ぐのでございましょう」

佐名木がそう話して、三人のやり取りは済んだ。

「ではこれにて」

井尻が先に腰を上げた。

正月が迫っても、新年を迎えるそわそわした気持ちや華《はな》やかさは、高岡藩上屋敷にはない。井尻は、掛け払いによる物品の代金や借金の利息の計算に忙しいらしかった。とはいえ勘定方以外は煤払《すすはら》いも済ませ、掃除だけは完璧にできていた。庭木の手入れもできている。屋敷内に積もった雪は、輝いていて美しかった。

「清三郎様の微熱は、また常に戻りました」

藩医の辻村が報告をしてきた。飲む乳の量は少ないが、戻すことはなくなった。しかしよくなったかと思うと、また元に戻る。

だから京は、心穏やかにはなれないのだった。

「いとおしい、寝顔でございます」

「まことにそうだな」

眠る清三郎の枕元に、正紀と京は腰を下ろした。この部屋にだけ、火鉢が置かれ炭が赤く熾《おこ》っていた。

二人で、幼子の顔を見つめる。不安はあるが、確かな息遣いは聞こえた。いろいろあった寛政三年が、あと数日で終わろうとしていた。

本作品は書き下ろしです。

双葉文庫

ち-01-64

おれは一万石《いちまんごく》

陥穽《かんせい》の束《そく》

2024年12月14日　第1刷発行

【著者】
千《ち》野《の》隆《たか》司《し》

【発行者】
箕浦克史
【発行所】
株式会社双葉社
〒162-8540 東京都新宿区東五軒町3番28号
［電話］03-5261-4818(営業部)　03-5261-4868(編集部)
www.futabasha.co.jp (双葉社の書籍・コミックが買えます)
【印刷所】
大日本印刷株式会社
【製本所】
大日本印刷株式会社
【カバー印刷】
株式会社久栄社
【DTP】
株式会社ビーワークス

【フォーマット・デザイン】
日下潤一

ISBN978-4-575-67221-3 C0193
Printed in Japan

千野隆司
湯屋のお助け人
菖蒲の若侍
長編時代小説
旗本家の次男である大曽根三樹之助は思いがけず「夢の湯」に居候することに。三樹之助の活躍と成長を描く大人気時代小説、新装版第一弾。

千野隆司
湯屋のお助け人
桃湯の産声
長編時代小説
湯屋の主人で岡っ引きの源兵衛が四年前に捕らえた罪人が島抜けした。三樹之助は悪人の牙から罪なき人々を守れるか!? 新装版第二弾!

千野隆司
湯屋のお助け人
覚悟の算盤
長編時代小説
「夢の湯」に瀬古と名乗る浪人が居候として加わった。どうやら訳ありのようで、力になりたいと思う三樹之助だが……。新装版第三弾!

千野隆司
湯屋のお助け人
待宵の芒舟
長編時代小説
五十両の借用証文を残し、仏具屋の主人が姿を消した。三樹之助と源兵衛は女房の頼みで行方を捜すことに……。大人気新装版第四弾!

千野隆司
湯屋のお助け人
神無の恋風
長編時代小説
辻斬りの現場に出くわした三樹之助と志保。事件を調べる三樹之助だが、志保との恋に大きな転機が訪れる。大人気新装版、ついに最終巻!

千野隆司

おれは一万石
国替《くにがえ》の渦《うず》

長編時代小説
〈書き下ろし〉

造酒額厳守の触を破ったことで、国替えの話が持ち上がった高岡藩井上家。最大の危機を迎えた正紀たちは、沙汰を覆すべく奔走する――。

千野隆司

おれは一万石
五両の報《むくい》

長編時代小説
〈書き下ろし〉

正紀の近習の植村に縁談が持ち上がった。腹心の慶事を喜ぶ正紀だが、市中では複数の武家による白昼の押し込み騒ぎが起きて――。

千野隆司

おれは一万石
銘茶《めいちゃ》の行方

長編時代小説
〈書き下ろし〉

本家浜松藩の扶持米と、分家下妻藩が仕入れた銘茶を載せた荷船が奪われた。井上一門を襲った思わぬ災難により、正紀たちも窮地に陥る。

千野隆司

おれは一万石
普請《ふしん》の闇

長編時代小説
〈書き下ろし〉

高岡藩井上家に公儀から御手伝普請の命が下った。大名家の内証を圧迫し、破滅をも招きかねぬ難事を、正紀たちはどう乗り越えるのか!?

千野隆司

おれは一万石
民草の激《げき》

長編時代小説
〈書き下ろし〉

御手伝普請の費用納付まで半月を切ったが、いまだ残り百両の目処が立たぬ正紀たち。改易の危機の中、市中では不穏な気配が漂いはじめる。

和泉あや先生へのメッセージは
WEBサイトのメッセージフォームより
お寄せください。

双葉文庫
パステルNOVEL
い-69-01

色《いろ》を忘《わす》れた世界《せかい》で、君《きみ》と明日《あす》を描《えが》いて

2025年4月12日　第1刷発行

著　者　和泉あや

発行者　島野浩二

発行所　株式会社双葉社
〒162-8540 東京都新宿区東五軒町3番28号
[電話] 03-5261-4818(営業部) 03-5261-4835(編集部)
双葉社ホームページ(双葉社の書籍・コミックスが買えます)
https://www.futabasha.co.jp

印刷所　中央精版印刷株式会社

製本所　中央精版印刷株式会社

フォーマット・デザイン　日下潤一

デザイン　横山 希

イラスト　はやしなおゆき

ISBN978-4-575-59002-9 C0193
Printed in Japan